首席信息官

下

一朝登顶却一脚踏空
待从头，一腔孤勇，换得良人半生相守

【他】
用信念去坚守道德
用勇气去创造现实

小辉 / 著

山西出版传媒集团
北岳文艺出版社
·太原·

第七章 美人计

第一节 无心插柳

　　明创信息咨询服务公司因为高效率的工作，逐渐在业内有了知名度。公司的业务发展得越来越好。在这个过程中，李文军终于有机会接触到大企业的项目。他感觉自己距离之前定下的目标越来越近了。

　　这天中午，李文军和薛明艳要一起去见星光运动公司的负责人。星光运动公司是一家非常知名的运动服装公司，在全国拥有非常高的知名度。星光运动公司即将上市一款新的运动鞋，但却遭到了泄密的情况。所以联系了李文军的公司进行调查。

　　李文军和薛明艳从自己公司出来的时候，看到了不远处有一个清洁工正在扫地。李文军注意到那个清洁工一直在偷偷打量他和薛明艳，但当他看过去的时候，清洁工又迅速将目光转移开，然后朝垃圾车走去。

　　凭着多年工作经验，李文军感觉出这个清洁工大有问题。

　　李文军随后给刘杰发了个微信，让他注意一下那个清洁工。

上了车以后，薛明艳疑惑地看了李文军一眼，问道："文军，你刚才发现什么了吗？怎么盯着个清洁工看那么长时间？"

李文军神色凝重地说："薛总，你难道没注意到，这个清洁工已经在我们公司门口晃荡很多天了。"

"那又怎么了？我看你是不是职业病犯了。你该不会告诉我，他是个商业间谍吧？"薛明艳一边开车，一边玩笑道。

李文军却显得有些神经紧张，他认真地说："薛总，这件事情没这么简单。从犯罪行为学上来讲，一个人如果每天不间断地出现在同一个地点，做着同一件事情，那么他一定有见不得人的事。清洁工的工作是每天调换的，他怎么可能天天出现在这里。"

听李文军这么一说，薛明艳也觉得不简单。她皱了一下眉，说："难道这个人真是……可是，这是个六十多岁的老头儿。"

"老头儿？"李文军听到这儿，嘴角浮起一抹浅笑，"这个人从步态和行为上，根本没有六十多岁老头儿应有的老态和迟缓。他伪装得太假了，我一眼就看出来了。"

经过李文军的分析，让薛明艳也开始紧张起来了："这么说，这人还真有问题。可是，商业间谍来我们公司干什么，咱们又不是什么出名的企业。"

"那可不好说，正所谓同行是冤家。我总觉得，这个人会和我们今天去谈的星光运动公司有关系。"

"你是说……"

"嘘，你明白就好了，但愿我是瞎猜的。"李文军不等薛明艳说完，打断了她的话。

二十分钟后，他们出现在了星光运动公司的总部。在会客厅里等了十多分钟后，一个女秘书走了进来，对他们说："对不起，我们已经和别家公司谈好了合作，不好意思了。"

这个消息，着实让李文军和薛明艳吃了一惊。

从会客室里出来的时候，两人正好看到星光运动公司的负责人将一男一女送进电梯。

李文军当时就明白了，他最担心的事情还是发生了。

在来的路上，李文军就猜到了，公司楼下的清洁工肯定是另一家信息咨询服务公司派来的，专门搜集他们公司的客户资料。所以，这次他们捷足先登，抢在他们之前和星光运动公司谈好了合作。

要知道，星光运动公司可是明创信息咨询服务公司成立以来，面对的最大的客户。李文军踌躇满志，打算借由这个项目，将公司的地位再提高一些。可是，这么一来，他的愿望又泡汤了。

李文军气得牙根直痒，攥着拳头在墙上狠狠地锤了一下："可恶，我们做信息官的，居然被人偷走了信息。"

薛明艳宽慰了李文军一句："文军，算了，看来还是我们的运气问题。"

李文军叹口气，无奈地说："我们现在要做的，就是立刻回到公司，好好地调查一下。这一阵子，大家都那么忙，公司里的清洁工、送水工，我们都没注意，给了别人钻空子的机会。"

薛明艳应了一声，说："对啊，这是我们自己的问题。以后，看来得要格外注意。"

两个人正在商量怎么加强对公司的管理，忽然后面有人拍了一下李文军的肩膀："嗨，你怎么来这里了？"

李文军一转头，看到一个戴着眼镜的中年人。这人看起来文质彬彬，西装革履，举手投足之间透露出领导的架势。

不过，李文军完全记不起来这人是谁。他摇了摇头，诧异地问道："先生，请问你是……"

那人闻言，叹口气，说："我说你怎么忘性这么大啊！你还记得不？两年前在飞机上，你帮我避免了客户资料的丢失。"

经他这么一提醒，李文军恍然记起来了。两年前他第一次来到云京市的时候，在飞机上看见胡岚偷别人的资料，他出手帮忙。眼前这人，就是之前他帮过的常大茂。

"哦，我想起来了！是你啊，常总。"李文军抱歉地笑了笑，转身和他握手。

常大茂笑了一声，连忙说："看来，恩公还真是'贵人多忘事'。"

"哪里的话，只是时日太久了，我一时间没想起来而已。"李文军有些不自然地说道。

"哦，我记得我还给你一张名片呢。只是后来你也没联系我，我也不知道怎么联系你。"

薛明艳听到这里，眼睛一亮，忙说："常总，我们这次来，其实就是为了你们公司泄密的事件而来。不过……"

"不过什么？"常大茂看了薛明艳一眼，问道。

李文军叹口气，将事情一五一十地讲了一遍。

常大茂听完，脸色一变，生气地说："岂有此理，这事情你别管了，我会和他谈的。这个项目，只有交给你我才放心。"

李文军和薛明艳对视了一眼，脸上流露出喜悦来。

薛明艳转过头，有些担忧地说："常总，你能说得上话吗？"

常大茂笑了笑，说："总经理还管不了这点儿小事了？"

常大茂的话，让李文军和薛明艳愣住了，但两人很快就反应过来。

李文军高兴地说："恭喜常总，没想到您这几年发展得这么好。"

"客气了，其实，我早就注意到李先生了。这次我们公司的泄密事件，我本来就是想找你们的，谁知道中间出了这档事。过会儿我一定好好教训手下的人。"

听到常大茂这话,李文军和薛明艳算是吃了一颗定心丸。三人闲聊了几句后,常大茂因为有个会要开,就提前走了。

从星光运动公司出来后,李文军看到之前在公司里见到的两个人。此时那男人正在接电话,显得很生气的样子。

薛明艳见状,挑了一下眉,说:"我去会会他们。"

"哎,薛总,还是算了吧。"李文军伸手想要阻拦,可是薛明艳已经过去了。

薛明艳双臂环抱在胸前,用一种居高临下的表情看着他们,冷笑着说:"两位,真不好意思,让你们花费了这么多心思。好不容易从我们嘴里抢走了这么大一块肥肉,现在却又没了。"

"你是明创的薛总。你们知道了……"男人看着薛明艳,脸色有些苍白。

薛明艳露出鄙夷的表情:"哼,我们何止是知道这些呢!你们玩的这些小把戏,那都是我们玩剩下的。我只想告诉你们,以后你们想要抢案子,最好挑挑对象。"说着,她转身就走了。

回去的路上,薛明艳忍不住问道:"文军,你和常大茂是怎么认识的,我怎么从来没听你说起过呢?"

李文军叹了一口气,目光看向了窗外,他似乎回到了两年前刚来云京时情景……

听完李文军的陈述,薛明艳脸上掠过一抹不自然的神色。

"哟,看不出来,你和胡岚是不打不相识啊。正所谓'塞翁失马焉知非福'啊!"

李文军听薛明艳这话,听出来她是话里有话,瞪了她一眼,说:"明艳,你到底想说什么?"

薛明艳却也不明说,故作神秘地说:"这个嘛,你就自己参悟吧。"

看着薛明艳的样子,李文军心里有些窝火。有时候,李文军会思考,他和薛明艳每天都因为工作吵得不可开交,可还能成为朋友,说起来,还真是有些奇怪。

回到公司,两人迅速召集了刘杰三人,商讨了公司机密保护措施。

李文军明白,如今明创信息咨询服务公司虽然发展得不错,但在同行眼里依旧是"猎物"。李文军觉得商场是丛林,每一种动物都自有一套生存法则。

当天晚上,李文军就接到了星光运动公司的负责人打来的电话,让他们明早八点去星光运动公司,说是常大茂要亲自和他们详谈。

次日早上八点,李文军和薛明艳准时出现在常大茂的办公室里。

彼此寒暄了一番后,就进入了正题。根据常大茂所说,星光运动公司的泄密事件,是从半年前开始的。这期间,他们公司新产品的设计方案,频频遭遇泄密。常大茂希望可以尽快找出泄密的人,避免公司的损失。

听完这些,李文军保证会尽力而为。

谈完后,李文军和薛明艳跟着秘书走出办公室。他们刚出来,就见一个二十多岁的青年,搂着一个美女,闯进了常大茂的办公室。尽管隔得很远,李文军还是听见青年吵吵嚷嚷的声音。

"常总,你什么意思啊?我是有事请假,你居然给我算早退。我告诉你,你只是来给我家打工的,不要蹬鼻子上脸!"

秘书往办公室看了一眼,无奈地摇摇头:"唉,活阎王又来闹事了,看来常总的日子不好过啊!"

李文军一愣,疑惑地看着秘书,问道:"这是怎么回事啊?"

秘书叹口气,说:"你不知道,我们公司的水深着呢!我们公司是家族企业,董事长叫冯星光。冯董花费了半辈子的工夫,创办了星光运动公司,如今他退居二线，将公司交给常总管理。常总很早就跟着冯董，这么多年兢兢业业。而且，他还娶了冯董的女儿。公司里都在风传，冯董将来会把公司交给常总。冯董的儿子冯伟听到这个消息，所以经常在公司闹事。"

"是吗？冯伟现在在公司里担任什么职位啊？"李文军看了秘书一眼，疑惑地问道。

秘书回答说："他是我们公司的副总经理，其实就是个闲职。基本上，什么都不干。"

李文军闻言，一手摸着鼻梁，一手插进裤袋，嘴角浮起了一抹浅笑："这看来，真是越来越有意思了。"

秘书没明白李文军话里的意思，疑惑地看着他说："李先生，你的意思是？"

李文军忙说："哦，我没什么意思，我就是好奇你们冯副总身边的那个美女。"

"哦，你说她。唉，冯副总最让人津津乐道的，就是他交女朋友的速度了。这个女人是他半年前交上的，叫柳芊芊。这个柳芊芊也不知道有什么本事，让冯伟对她痴迷到现在。不仅如此，冯伟还将她安排到公司里来了。"

"是吗？"李文军闻言，眼睛里闪烁其光，忍不住问道，"柳芊芊如今在什么部门啊？"

秘书说："她在财务部。虽然只是一个员工，但财务部的经理都要听命于她。"

听到这里，李文军意味深长地笑了笑，说："这还真是有意思啊！"

薛明艳看着李文军的表情，忍不住问道："文军，你是不是看出了什么？"

"不好说。"李文军意味深长地摇摇头，对秘书说："麻烦你能不能给我们一份你们公司的人员名单，越详细越好。"

秘书闻言，点了点头。随后，就将一份名单交给了李文军。

第二节 熟悉的陌生人

回去的路上，李文军一直盯着人员名单看，拿着笔在上面不断地写写画画。

薛明艳看到李文军将财务部的柳芊芊、副总经理冯伟以及整个设计研发部的人全部用红笔圈了出来。她疑惑地看了一眼李文军，说："文军，你圈出这些人，是有什么看法吗？"

李文军点了点头，看了薛明艳一眼，说："薛总，你看这个设计研发部，他们要设计研发出新的产品，这其中不仅包括了设计方案，还有制作工艺等诸多商业机密。这个部门的保密措施非常高，一般人很难接触到他们。可是，只有一个部门不可避免地会和他们产生接触。"

薛明艳仿佛明白了什么，说："你说的是财务部？"

李文军点点头，说："是的，公司进货、出货，包括货品清单等，肯定要报账。这些账目信息，对一个商业间谍而言，是非常有价值的信息。而一旦设计研发部有新的项目开发，资金上必然会有大的流动。从这些信息，商业间谍就可以推断出公司要推出新产品的信息。"

薛明艳狐疑地说："我怎么觉得你将怀疑的目光一直放在冯伟和柳芊芊身上，你该不会怀疑他们俩吧？"

李文军转头看着薛明艳，说："为什么不呢？从犯罪心理学上来讲，一个人犯罪，必然是有作案动机。而从作案动机来进行反推理，也可以核实犯罪嫌疑人的身份。"

薛明艳略一沉思，说："你说得倒是有几分道理。从作案动机上讲，冯伟确实有可能这么做。他将公司的机密泄露出去，让公司的人质疑常总的能力。这样，他就有机会将扳倒常总，自己成为公司的管理者。"

李文军笑了一下，摇摇头，说："不一定，冯伟这个人没有这么多的心机，我觉得柳芊芊更值得怀疑。冯伟也许只是个炮灰，我们可千万别被迷惑了。"

"李总，我看你是被柳芊芊给迷住了。从见到她第一眼到现在，你就一直在说她。"

李文军没有说话，而是摇了摇头。突然他好像想到了什么，皱了一下眉，问道："你刚才说什么？薛总，你也认为她身上有一种狐媚的气质对不对？"

薛明艳被李文军的反常吓了一跳："文军，你发什么神经呢！我不过是随口一说而已。"

李文军的神色更加凝重了："薛总，这事情没这么简单。"

薛明艳看了看李文军，摇了摇头，没有回话。

回去之后，他们立刻组织开会，商讨下一步调查的方向和目标。

就在这时，薛明艳和李文军之间产生了分歧。或者说，其实这个分歧早就有了。

薛明艳坚持认为要对星光运动公司进行全面的调查，然后一点点的排除，直到找到嫌疑人。但李文军却不这样认为，他认为要从冯伟和柳芊芊的身上开始调查。尤其是柳芊芊，更是重中之重。

两人争吵了半天，也没争吵出结果。最后决定各自按照自己的方法来进行。而刘杰他们，则主要配合行动，在公司里进行数据和信息梳理工作。

次日一早，薛明艳就以清洁工的身份进到星光运动公司。这一次，她学聪明了，不再以职员的身份进入公司。毕竟，之前有过前车之鉴。

而李文军自然也没有闲着，因为他怀疑柳芊芊和冯伟。故而，从一开始，他就将调查的方向和注意力都放在了他们俩身上。

在他们接手项目的第二天，星光运动公司再度出现了严重的泄密事件。公司新款运动鞋的设计方案遭到泄露。

李文军迅速展开调查，可是调查一番，却丝毫没有结果。李文军调查了设计研发部的总负责人吕明才。可是他昨天一天没有任何异常，不存在泄密的可能。甚至于，他身边的同事也没有窃密的机会。

至于李文军一直怀疑的柳芊芊和冯伟，他们也完全没有作案的时间。下班后，他们去酒吧玩了一会儿，然后就回去睡觉了。这些，李文军从酒吧的服务人员和小区的监控得到了证实。

到底是哪里出了问题呢？李文军心里有些着急，他隐隐觉得这件事情和柳芊芊脱不了关系。为了以防再次出现这种情况，李文军让刘杰去跟踪吕明才，而他则跟踪柳芊芊。

一连跟踪了一个星期，李文军终于发现了一些可疑的地方。柳芊芊每隔两天，就会去一家高档酒店。而且她不是一个人去的，是和星光运动公司的前台小姐一起去的。虽然不知道两个人去干什么了，但对李文军而言这是一个很重要的突破口。随后，他让宋佳佳去跟踪星光运动公司的前台小姐。

一天晚上，李文军照例跟踪柳芊芊和前台小姐进了酒店。眼看着她们走远，李文军只好去旁边的休息区喝了一杯咖啡。忽然，他看到了两个熟悉的身影从电梯里出来，是胡岚和小芳。

李文军与她们已经快一年没见面了，李文军觉得胡岚似乎比从前更妖娆，眉宇之间，透着一股狠毒和绝情。自从上次的事，李文军就和她们失去了联系。

李文军正在考虑要不要上前打个招呼。可是，一个细节却让他吃了一惊,一种不敢想象的可怕后果浮现心头。

胡岚和小芳穿的鞋子,包括她们戴的首饰,居然和柳芊芊和前台小姐一模一样。

"这不可能,绝对不会的。"李文军看着她们离开酒店渐渐远去的背影,喃喃地低语着。

这一晚,李文军彻底失眠了。胡岚和阮峰的影像不断出现在他的脑海里。可是他越是想抓着他们,越是怎么都抓不到。

第二天晚上,李文军照例跟踪柳芊芊,看到她和冯伟去了一家高档餐厅吃饭。

柳芊芊和冯伟闲聊着,突然谈到了公司的泄密事件。

冯伟用狐疑的目光看着柳芊芊,说:"芊芊,我发现每次商业机密泄露的前一天晚上,我一定会喝得非常醉,什么知觉都没有,你说这怪不怪啊?"

柳芊芊看了看冯伟,插了一块水果塞到他嘴里,露出一抹媚人的笑意:"你什么意思啊?说的这事跟我有关系一样,谁让你喝那么多的!"

冯伟闻言,趁机握住柳芊芊的手,"芊芊,我真不知道哪辈子修来的福分,遇上你这样的好女人。我家人都怀疑我,也就你相信我。"

柳芊芊柔声说:"冯伟,那你可不要当白眼狼,日后一定要记着我对你的好。等你执掌公司的那一天,你可要加倍补偿我,知道吗?"

"那是当然的了。芊芊,说来也是奇怪。自从你来到公司,常大茂就烦事缠身。经过我的煽风点火,董事会的人对常大茂的管理能力已经提出了质疑。过不了多久,想必,我就要成为公司的总经理了。"

"那太好了,其实我也没做什么,就是帮你拉拢了一下关系而已。"柳芊芊娇滴滴地说。

冯伟闻言,拉着柳芊芊的手,说:"那就好,只要不侵害公司的利益,你怎么做都行。说实话,我都一度怀疑是你泄露公司机密了。"

"怎么会呢。"柳芊芊娇声笑了起来。

看着这一幕,李文军不由得笑了一声,心想这个冯伟果然是头脑简单,被别人卖了,还帮人数钱呢!

李文军一直跟踪他们回到住处,这才打算回去。而在这时,刘杰给他发来一条信息。原来他跟踪吕明才回到家后,没过一会儿,吕明才就出来约会,而和他约会的人居然是前台小姐。

李文军听到这个消息后,马上,就将柳芊芊联系到了一起。看来,之前他猜测得没错。吕明才是泄密的源头,前台小姐如果是吕明才的女朋友,那么从他身上打探到信息就是轻而易举的事。

不过,让李文军心里担忧的,是胡岚和小芳,他不敢去深究她们俩和柳芊芊的关系。因为他害怕,一旦深究后会有什么不愿意看到的后果。

李文军忽然想起餐厅里,冯伟说的那句话。星光运动公司每次泄密的前一晚,他会都喝醉得不省人事。那也就是说,在这个时间段里,柳芊芊离开他,他是绝对不会发现的。

想到这里,李文军兴奋得差点儿跳起来。不过,为了验证自己的推测,他还要进行一番实地考察。

两天后,李文军化装成一个六十多岁、满脸褶皱的管道维修工,在柳芊芊所住小区的物业人员地带领下,去了柳芊芊家里。此时,只有冯伟在家。

冯伟无比慵懒地躺在沙发上,看到李文军过来,吩咐道:"喂,老头儿,你可要给我好好检查。我家卫生间最近一直有一股臭味,不知道是不是管道堵了。"

李文军点头哈腰地笑了笑,忙说:"先生,我们这是例行检查。如果真有问题,一定帮你疏通。"说完话,他背着工具包去了卫生间。

进到卫生间,李文军迅速关上了门,然后仔细地在卫生间里搜寻了起来。找了半天,也没找到想要的东西。

李文军想了一下,走出卫生间,来到冯伟身边,恭敬地笑道:"先生,请问你们家里有密封带吗?我看你家的水龙头有些漏水,我可以帮你修理一下。"

冯伟闭着眼,懒洋洋地说:"你是没长眼睛还是没长手,自己不会找!"

李文军要的就是他这句话,当下,就自顾自地找了起来。

李文军找了好久,最后在卧室里的床头柜里,发现了一摊已经干涸的红酒痕迹。李文军摸了一下,在鼻子边嗅了嗅,眉头皱了起来。随后,他的脸上露出一抹喜悦,看起来,和他所猜想的差不多。

目的达到后,李文军回到卫生间,假装修理了一番,随后和冯伟告辞。

当李文军正要出来的时候,柳芊芊回来了,两人撞了一个满怀。李文军发现柳芊芊的笑容很不自然,皮肤看起来也非常假,身上,还可以嗅到一股淡淡的化工产品的味道。

李文军经常化装,并且对于伪装更是擅长。他立马就看出来了,柳芊芊是带了一个硅胶制成的人皮面具。这东西据说是美国产的,和人体肌肤能无缝贴合,达到以假乱真的地步。

柳芊芊看到李文军,迅速皱着眉头,警惕地问道:"你是谁啊?为什么会出现在我家?"

李文军镇定自若地说:"小姐,你好,我是管道修理工,今天是来给你们检查下水管道的,看有没有漏水的地方。"

柳芊芊皱了一下眉头,狐疑地说:"是吗?"

"是的,小姐,不相信的话,你可以联系物业,或者和你家先生核实。"李文军说得不卑不亢。

柳芊芊随即舒展了眉头,摆摆手,说:"行了,快走吧。"

李文军应了一声,随即走了出去。

李文军刚刚松了口气,走到电梯口的时候,身后忽然传来柳芊芊的声音:"等一下,你给我站住!"

李文军心里暗叫不妙,但他还是转过身来,笑着说:"怎么了,小姐,你还有什么事情吗?"

柳芊芊此时已经走了过来,仔细地打量了李文军一番。她看得非常仔细,不肯放过任何一个细节。这让李文军非常紧张,这要是被发现,那后果可就严重了。

一分钟后,冯伟在家里叫柳芊芊。

柳芊芊顿了一下,这才说:"你有些像我一个老熟人,对不起,我可能是认错人了,你走吧。"说着转身回家了。

李文军松了一口气,可是柳芊芊的话,却让他心生疑窦。他很害怕,她所说的那个老熟人,其实就是自己。

现在,李文军把一切都理通顺了。唯一要做的,就是要进行验证。

李文军回去之后,给常大茂打了一个电话,和他讲了一下自己的计划。

第三节　洗手间的秘密

一连在星光运动公司里待了几天,薛明艳在公司的各个角落里进行了摸查。她像是一个隐蔽在暗处的猎手,静静地搜寻着自己的猎物。当然,对她而言,最关键的还是最有可能会泄密的设计研发部。

薛明艳发现了一个问题,设计研发部的负责人吕明才行迹诡异。每天下午他都会频繁地出入洗手间。而且,他每次去洗手间的时候,都十分紧张，像是揣着什么秘密，惧怕被别人发现。

薛明艳心里寻思，吕明才该不会是将核心机密转移到卫生间，然后通过其他人将机密转移出去吧？

想到这里，薛明艳决定去核实一下。

今天，薛明艳终于找到了机会。中午常大茂召开了一个内部机密会议，只有吕明才等几个重要高管参加，据说是为了确认即将在年底发布的新款运动鞋的设计方案。作为新产品的主要负责人，吕明才很有可能将会上的信息泄露转移出去。

于是，薛明艳借着打扫卫生的空隙，来到吕明才频繁出入的洗手间进行查找。她找了半天，终于在一个纸篓里发现了一个药盒。

薛明艳正要去捡的时候，忽然外面的门打开了，只见一个清洁工冲她喊道："谁让你这个时候来打扫洗手间了，你懂不懂规矩？"

薛明艳手一哆嗦，药盒被纸团淹没了。她想要去翻，但又怕耽误的时间长了，会被人发现自己。她只能硬着头皮从里面出来，一脸歉疚地说："对不起，我是新来的，不太清楚这里的规矩。"

"好了好了，赶紧出去吧。下次要注意，让上面的人知道，可是要扣钱的。"薛明艳忙不迭地应了一声，赶紧出来。

出来的时候，薛明艳特意回头看了一眼。只见那个清洁工随手将门关上了，却没进入洗手间。

一直到下班时间，薛明艳知道药盒肯定已经被人转移走了。毕竟，从她出来后，进出洗手间的人多得很。

眼下，也只能寄希望于从吕明才的身上能探听出一些什么来。

薛明艳一直等到很晚，才见吕明才下班。他依然是非常警惕，不安地朝四周看了几眼，然后又鬼鬼祟祟地跑去了洗手间。

正在这时，一个女职员神色匆匆地走了过来。她警惕地朝四周看了看，确定没什么人后,才走进男洗手间。

薛明艳睁大了眼睛,她认出女职员是前台小姐。难不成,泄密的事件和她有关系吗?

等前台小姐进去后,薛明艳悄悄地尾随了过去。

薛明艳正打算要开门,忽然有个人从背后拉住了她。她吓得惊呼了一声,刚想转过头,却被人拉到了一边。等她回过神的时候,看到身后有一个头发花白、满脸褶皱的老头儿。

薛明艳愣了一下,随后,她就认出来老头儿是李文军。

薛明艳用力甩开李文军的手,吃惊地问道:"你怎么在这儿?"

"嘘……"李文军做了一个嘘声的手势,然后探头朝外面张望了一眼。

只见吕明才和前台小姐慌里慌张地从洗手间走出来。警惕地朝四周看了看,松了一口气。

"吓死我了,我还以为有人来了。"吕明才拍了拍胸口。

"老吕,咱们以后能不能换个地方,还是去酒店吧,别在这里,太不安全了。万一被人发现,那我们以后可怎么办呢?"

吕明才应了一声,点点头,说:"谁让公司明文规定公司内部不许谈恋爱,要不然咱俩也不会如此辛苦了。走,咱们回家吧。"说着拉着前台小姐走了。

薛明艳看到这状况,突然有些沮丧,叹口气,说:"真是岂有此理,我还以为他们在传递信息,没想到……"话说到这里,她不免有些羞涩,脸颊泛起了一抹红晕。

李文军看了薛明艳一眼,说:"你犯的错何止这些呢?今天你贸然进洗手间,寻找证据,差点儿就打草惊蛇了。"

"你什么意思?我已经发现了秘密,差一点儿就成功了。"薛明艳狠狠地瞪了李文军一眼,不满地说道。

李文军闻言，说："是吗？你是不是找到了一个药盒。你以为里面会装有价值的信息吗？我告诉你，里面什么都没有。"

"什么？"

"那个药盒只是一个已经用完了的红霉素软膏瓶子。吕明才之所以鬼鬼祟祟地去洗手间，是因为他和前台小姐谈恋爱不能被公司其他人发现，所以才去洗手间打电话联系对方。"

薛明艳吃了一惊，惊愕地看着李文军，问道："你是怎么知道的？"

李文军得意地笑了笑，说："我是做什么的？这些，我早就和刘杰他们调查清楚了。"

薛明艳闻言，忽然有些沮丧："这么说来，我这次又白忙活了一场！"

"也不能这么说，你的方向是对的，只不过……"李文军没说完，脸上露出一抹笑意。

薛明艳不解地看着李文军，皱着眉头问道："李文军，你到底想要说什么？"

李文军说："没什么，我想说的是，等会儿我让你陪着我看一出好戏。"

"好戏？什么好戏？"薛明艳疑惑地看着李文军，不明白他这话是什么意思。

李文军也不明说，只是说了一句"再等等看吧"。

两人待在公司两个多小时，薛明艳兴许是有些累了，忍不住靠在李文军的肩上睡着了。

李文军转头看着薛明艳，犹豫了好一会儿，才缓缓地伸出手臂，搂住了她。不一会儿，薛明艳稍微动了一下身子，吓得李文军赶紧缩回了胳膊。

看着薛明艳一副熟睡的模样，李文军心里不知为何泛起了一股暖流。甚至，有那么一瞬间，他希望时间能够停在这一刻。

又过了一会儿，李文军收到了两条消息，是刘杰和宋佳佳发来的，信息上只有两个字："妥了。"

李文军心里一喜,轻轻地推了一下薛明艳,小声说:"薛总,醒一醒,有好事要发生了。"

薛明艳揉了揉眼睛,打了一个哈欠,看着李文军说:"什么好事啊?"

"马上就会知道了。"李文军得意地一笑。

薛明艳这时终于完全清醒过来了,发现自己躺在李文军的怀里。她迅速挣扎着坐起来,满脸窘迫地说:"我刚才是不是在你怀里睡着了?"

"啊,是的。"李文军没有看薛明艳,随口说了一句。他的注意力都在吕明才的办公室。他眼睛都不眨,死死地盯着门口。

这时,他们突然听见走廊传来一阵脚步声,尽管声音非常低,但在寂静的夜里,却如此清晰。

很快,他们就看见一个女子迅速走了过来。她穿着一身运动装,戴着棒球帽和口罩,浑身上下都包裹得非常严实。一路走来,她时不时地东张西望,仿佛怕被别人发现。

很快,女子走到吕明才的办公室门口,看了看四周后,迅速在门上按了几下。随后就听到"滴答"一声,门打开了,她迅速闪身进去。

薛明艳惊愕得睁大了眼睛,她看得很清楚,那门是带指纹解锁的,整个研发设计部只有吕明才才能开这个门。可是,这个女人是怎么进去的?

大约十分钟后,女人走了出来,然后关上门,迅速走出公司。

薛明艳看了一眼李文军,说:"这个女人,她到底是谁啊?"

李文军说:"当然是柳芊芊啊。"

"是她?"薛明艳暗暗吃了一惊。

李文军点点头,说:"对,就是她窃取的新产品设计方案。"

薛明艳皱着眉头说:"我还是不太明白。"

李文军笑了笑,说:"放心,现在时机还不太成熟。到时候,我会让你明白一切的。"

"你!李文军,你能不能做什么事前先告诉我一下,别让我总是蒙在鼓里。"薛明艳狠狠地瞪了李文军一眼,心里充满了气愤。

李文军得意地说:"薛总,咱们俩可是说好了,各干各的,互不干扰。"

"你!"薛明艳有苦说不出,如今李文军占据了上风了,可是,碍于面子,她又不愿意去承认错误。

事实上,李文军是通过调查柳芊芊,进而关注到前台小姐,最后才查到前台小姐和吕明才的关系。

李文军和薛明艳刚要准备回家,李文军收到了刘杰发来的信息:"柳芊芊已经回到住所。"

李文军看到信息,轻笑了一声,回复道:"果然和我料想的一样,这个女人真是太聪明了。"

薛明艳看着李文军手机上的信息:"文军,你料想到了什么?"

"薛总,你猜柳芊芊为什么会迅速回到住所?"

"这个……"薛明艳托着下巴,略一思索,"难道,她是为了制造不在场的证明?"

"聪明,的确如此。这半年多以来,她一直用冯伟女朋友的身份掩护自己,窃取星光运动公司的商业信息。每次行动之前,她会往冯伟的酒里放安眠药,趁冯伟睡着的时候,来窃取信息。而后又神不知鬼不觉地回去。就连冯伟都不会发现。"

薛明艳不禁感叹道:"好计谋啊!可是,我不相信,和这样一个人在一起这么久,冯伟竟就一点儿都没察觉到吗?这听起来也太匪夷所思了吧!"

李文军笑了一声,说:"如果你是冯伟,不受自己亲爹的待见,在公司里也得不到重视。处处受排挤不说,连公司继承人身份都要姐夫给剥夺。你想想,你会怎么做?"

薛明艳想了一下，说："我会憎恨父亲和公司，并且会想方设法地报复。"

李文军点点头，说："我今天让佳佳查了冯伟近期的消费情况，他的开销非常大。可是，据我所知，冯董给他的零花钱是很少的。你猜猜看，他的这些钱，都是从哪里来的？"

薛明艳听李文军这么一说，顿时明白了："是柳芊芊给他的。"

"对。冯伟也许会对柳芊芊的身份生疑，但也不会深究。因为他和柳芊芊是一种互相依存的关系。柳芊芊给他钱。作为回报，他帮柳芊芊打掩护。"

"也许柳芊芊接触冯伟时，就告诉他，要帮他夺回总经理的职位。冯伟就是因为这个，才会和柳芊芊在一起这么久。"

"薛总，你这个分析很有道理。我也是这么猜的。"

"那接下来，我们要干什么？"薛明艳问道。

李文军手摸着鼻梁，嘴角露出一丝笑意："现在，我们要搜集证据。"

之后的几天，薛明艳很少见到李文军，他像是失踪了一样。而刘杰他们，都被他指使了出去。公司里只剩下薛明艳一个人，这让她非常不舒服。

第四节　救赎

这天傍晚，薛明艳忽然接到李文军的电话，让她去一家高档酒店找他。

薛明艳心里一喜，猜到李文军的调查有结果了。她不敢耽误，稍微化了一下妆，赶紧出门。

薛明艳走进酒店大厅，正在四处搜寻。这时，旁边一个中年男人走到她身边，对她说："小姐，你找李文军吧？请跟我来。"

薛明艳看了中年男人一眼，愣了一下："你认识李文军？"

中年男人只是一笑，没多说话，转身朝前走去。薛明艳只好跟在他身后。

中年男人带着薛明艳走到了大厅一侧的休息区，然后往沙发上一坐，端起桌子上的咖啡喝了一口，说："薛总，你坐啊。"

薛明艳扫了中年男人一眼，冷冷地说："对不起，我是来找李文军的，他在哪里？"

中年男人笑了笑，摇摇头，说："薛总，看来你的眼力还是差了点儿，居然没认出我来。"

"啊，李文军？"薛明艳这时才反应过来。看着李文军打扮成暴发户的样子，她还真没认出来。

李文军看了薛明艳一眼，收起了笑容，说："赶紧坐下来，别让人发现。"

薛明艳愣了一下，点点头，迅速坐了下来。

"李文军，你搞什么鬼呢，怎么神神秘秘的？"

"薛总，有些事情，我想让你帮我来做决断，我实在不知道该怎么办了。"李文军有些忧伤地说道。

薛明艳皱了一下眉头，问道："怎么了？文军，我看你的脸色很难看。"

李文军摆了一下手，说："等会儿，你就看着吧，希望你别被吓到。"

薛明艳瞪了李文军一眼，心里的怒火又再次燃烧起来。

二十多分钟后，李文军忽然指着一个人，对薛明艳说："你看，那是谁？"

薛明艳顺着手指望过去，看到人后，说："这不是柳芊芊和星光运动公司的前台小姐吗？"

只见她们两人包裹得很严实，一前一后朝酒店里走。

李文军紧锁着眉头，脸上写满了心事："你再等二十分钟看看。"

"搞什么呢？神神秘秘的。"薛明艳无奈地叹了口气。心想李文军就是喜欢卖关子，总想在她面前炫耀自己的本事。不过，薛明艳还是耐着性子，继续等了下去。

二十分钟之后，让薛明艳惊讶的一幕出现了。只见两个熟悉的身影从她的眼前掠过。

"那不是胡岚和小芳吗？"薛明艳满脸错愕的表情，眼睛睁得很大，"她们俩怎么会出现在这里？"

李文军看了薛明艳一眼，缓缓地说："她们就是柳芊芊和前台小姐。"

"你怎么知道的？文军，这之间……"

"刚才柳芊芊和前台小姐进去的时候，分别穿着一双水晶鞋和黑色的高跟鞋，柳芊芊手上戴着一个金色镯子，前台小姐耳朵上戴着钻石耳坠。现在，你看胡岚和小芳是不也是这样的装扮？"

薛明艳仔细地看了看，果然如此。

"文军，难道……难道你要告诉我，柳芊芊和前台小姐就是胡岚和小芳伪装出来的。"

李文军艰难地点点头，说："你看看这个吧，这是我调查出的结果。"李文军从包里拿出一份资料递给薛明艳。

薛明艳翻开看了几页，心里着实吃了一惊。

想不到短短一年的工夫，胡岚带着小芳他们几个，成立了一家新的信息咨询服务公司，犯下了多起商业信息的窃取案。

李文军无奈地说："薛总，我从第一眼看见柳芊芊的时候，我就怀疑上她了。之前，你说我一直将柳芊芊挂在嘴上，其实，我想的是胡岚。很早之前，我和她刚认识的时候，她就跟现在一样。我只是没想到，她又走上了老路。"

听李文军说这些话,薛明艳心里很复杂。她知道,胡岚在李文军心里有特殊的地位,毕竟公司刚成立的时候,是她陪着李文军一路走过来。还有小芳等人,那可是李文军一手带出来的人。没想到,他们如今竟然成了对手。

"文军,你是不是已经掌握了胡岚窃取信息的证据?"

李文军点点头,说:"嗯。胡岚利用冯伟女朋友的身份潜入星光运动鞋公司,伙同伪装成前台小姐的小芳,窃取设计研发部的设计方案。但是,我不知道接下来我该怎么做,是假装不知道,还是揭穿她们?"

薛明艳看到李文军双手抓着头,脸颊上充满了痛苦的神色。她明白,让李文军做出这个决定太残忍了。

薛明艳忽然有些心疼,她把手轻轻放在李文军的肩膀上,关切地说:"文军,你应该这么想,我们这是在帮她们。如果我们不制止的话,她们会一错再错,到时候等待她们的是更严重的惩罚。"

李文军抬起头来,看着薛明艳,说:"明艳,你说得对,我得去阻止她们!"

薛明艳露出笑容,她握着李文军的手:"文军,你放心,不管何时,我都会和你在一起的。"

这一刻,李文军感觉自己心里照射进一道阳光。他什么都没说,用力将薛明艳搂入了怀中。

薛明艳也没说话,伸出手回拥着李文军。

第二天中午,星光运动公司举行了会议,公司的全体员工都必须参加。

众人到齐后,会议正式开始。常大茂看了看众人,目光落在了柳芊芊和冯伟身上。此时,他的心里非常恼怒,可还是隐忍住了内心的怒火。

常大茂说:"各位,今天我要跟大家宣布一个重要的消息。在宣布这个消息之前,我想说说我的感受。说实话,我真不知道该如何形容我现在的心情,是难过,还是为某些人感到痛惜?"

常大茂说到这里看了冯伟一眼。冯伟显然没有理解他的意思,伸出两根手指用力地敲了敲桌子,不耐烦地说:"我说你有什么话不能直接说?大家的时间都宝贵着呢!没工夫听你说废话。"

常大茂的脸色瞬间变得很难看,他努力克制住了心头的怒火,缓缓地说:"最近,我们公司商业信息泄密事件闹得沸沸扬扬,现在我告诉大家,这件事情终于告一段落了。可是对于调查出来的结果,我非常心痛。"

常大茂的话音刚落,众人纷纷议论了起来。大家都在七嘴八舌地议论泄密的人究竟会是谁?

冯伟冷"哼"了一声,慢条斯理地说:"常总,你说这话什么意思?公司交到你手上,现在弄成如今这样子,你的意思是将责任推卸给泄密的人了。这一出戏,你导演得真是好啊!既能骗得过董事会,也能糊弄得了我爸,对不对?"

"冯伟,你给我闭嘴!你知不知道,这件事情和你脱不了关系。"常大茂狠狠地瞪着冯伟。

冯伟站了起来,两手插进裤袋,摆出一副吊儿郎当的样子,说:"是吗?常大茂,你今天最好拿出证据,否则,我告你诬陷。"

常大茂点着头,说:"好,我会让你心服口服的。"当下,他就将柳芊芊如何窃取商业信息的过程讲了一遍。

常大茂说完后,参会的人纷纷惊呼不已。此时,吕明才脸色苍白,汗水已经湿透了衣服。而柳芊芊更是惊呆了。她不敢相信,自己的计划一向天衣无缝,今天竟然被人识破了。

冯伟虽然不知道柳芊芊是怎么盗取公司的商业信息,但他之前就对柳芊芊有所怀疑,只不过一直没有深究而已。他厉声道:"常大茂,你有证据吗？如果没有证据，我可以告你诬陷的。"

"证据？我当然是有的。"这时，李文军走了进来。他已经恢复了本来的面目，穿着一件笔挺的西装，头发梳理得非常精致。俨然一副精英白领的模样。

众人用诧异的目光看着李文军，显然都不认识李文军。唯有一个人，此时用惊恐的目光看着李文军，微微半张着嘴，一句话都说不上来。

冯伟扫了李文军一眼，冷声道："你谁啊？这是我们公司的内部会议，你有什么资格进来？"

李文军一手摸着鼻梁，一手插进裤袋，嘴角勾起一抹微笑："冯总，我是来给你送证据的人。"

李文军走上主席台，拿出一个U盘插进电脑，点开一个视频，视频里正是柳芊芊潜入吕明才办公室的影像。

台下众人立刻将目光转向柳芊芊，嘴里还在小声地议论着。

冯伟无力地跌坐在椅子上，缓缓地转过头来，看着柳芊芊，问道："芊芊，这是真的吗？"

柳芊芊神色僵硬，像是一尊塑像，死死地看着台上的李文军。

李文军感受到了柳芊芊的目光，他想了一会儿，开口道："冯副总，你对柳芊芊的了解或许还不多。"

冯伟立马把头转向李文军，疑惑地说："你什么意思？"

李文军走下台，来到柳芊芊身边，每走一步他的心就疼痛一分。终于，他开口说："胡岚，事到如今，你还要继续伪装下去吗？"

听到这里，胡岚身子忍不住颤抖了一下。过了一会儿，她忽然大笑了起来。然后她慢慢站了起来，看着李文军："李文军，我早该想到是你的。那一天你伪装成维修工去我家，我就已经怀疑了。可是，我一直都不敢相信你会对我赶尽杀绝。"一边说着话，她一边拿掉了自己的硅胶人皮面具，露出胡岚真实的脸。

所有人看着胡岚，惊叹声响成了一片。冯伟更是张口结舌，缓了一会儿，他抓起胡岚的手，气恼地叫道："你到底是谁？你竟然利用我！"

胡岚用力地甩开了冯伟，冷冰冰地说："我是谁对你来说有那么重要吗？"

冯伟忍无可忍，朝着胡岚伸出了手。

但是，冯伟的手却被李文军挡住了："冯伟，不要做无谓的事。你真要是这么生气，就不会假装自己不知道了。"

胡岚神色复杂地看着李文军，露出一抹苦笑："李文军，你为什么要阻止他？咱们不是已经一刀两断了，我就算被打死，和你也没关系。"

"胡岚，这是两码事。"李文军瞪了胡岚一眼，冷冰冰地说道。

"是吗？两码事。"胡岚脸上露出了凄苦的神色，"李文军，你知不知道这一年来，我是怎么过来的吗？我每天都告诉我自己，一定要努力做出一番成就，让你对我刮目相看。可没想到，居然是你把我打入了地狱。恭喜你，你赢了。"

李文军看着胡岚，心里生出怜悯的感觉。他的心情十分复杂，他希望胡岚拥有更好的生活，可他如今却要亲手将她送进了监狱。

"胡岚，你是为自己而活，不是为了别人。就算你想成就一番事业，道路有很多条，为什么你要选择一条难以回头的路。阮峰的事情，难道还没让你吸取教训吗？你为什么要一错再错？"

"错？我今生最大的错就是爱上了你！"话说完，胡岚满脸绝望地朝外面跑去。

胡岚很清楚，自己接下来面对的将是法律的制裁。

没过多久，小芳也被警察抓走。冯伟和吕明才因为失职被公司开除。

星光运动公司的项目算是告一段落，可是，李文军心里始终无法高兴起来。很长一段时间里，李文军不想面对这件事。每当他看到胡岚当初在公司住的房间，他就会陷入深深的自责之中。对于他来说，胡岚曾经陪他走过创业最初的艰辛阶段，是他一生中最特殊的朋友。

第八章　宿命的对决

第一节　故人相见

自从星光运动公司的项目之后，明创信息咨询服务公司的名气越来越大，接手的业务也越来越多。

李文军和薛明艳两个人互相配合，坚决贯彻当初的理念，绝不做出任何违法的事。他们的行为获得了业界的赞赏，从而引领更多的公司效仿。

正因如此，李文军被信息咨询服务行业内的人送了一个新的称号——首席信息官。

而在这一段时间里，李文军和薛明艳的感情发展得非常迅速。恐怕，他自己都没想到，有一天他会和薛明艳走到一起。但他非常肯定，这个几乎天天都要和他争吵的女人，让他孤独的灵魂有了归属感。

这天晚上，明创信息咨询服务公司正在举行庆功会，庆祝他们刚完成一个项目。众人聚在一起吃饭。

红着脸的刘杰，看了看李文军和薛明艳，笑着说："李总，你和薛总现在感情发展得这么快,我看,也该结婚了吧?"

薛明艳脸颊一红,狠狠地瞪了刘杰一眼,没好气地说:"瞎说什么呢!咱们现在还是要以事业为重。"

宋佳佳看了看他们俩,说:"那也不能光想着事业,对吧?你们俩现在也算是事业有成了,该考虑一下终身大事了。"

陈明附和着说:"对对对,我们可就等着喝你们的喜酒呢!"

薛明艳被大家说得有些心动了,她转过头看着李文军,说:"文军,你怎么说呢?"

李文军笑了笑,说:"艳艳,你不是打算去京城开辟新市场吗?等京城的新公司稳定后,咱们就结婚,行吗?"

薛明艳欣喜得睁大了眼睛:"文军,你说的是真的吗?"

"当然了,你想要什么样的求婚仪式,我来准备。"李文军认真地看着薛明艳,他心里坚定地认为薛明艳是自己要保护一辈子的女人。

"好的,后天咱们就去京城处理新公司的事务。我可就等着你的求婚了!"薛明艳红着脸说。

宋佳佳偷笑道:"看起来,薛总可是急不可耐地要嫁给李总呢!"

薛明艳朝宋佳佳晃了晃拳头:"佳佳,你再乱说,我就把你的信息张贴到征婚广告里。"

一时间,众人纷纷笑了起来。

李文军正在为如何求婚的事烦恼,没想到却因为另一件事的发生,打破了他的计划。

第二天的中午,李文军和薛明艳召集公司员工,布置了一下他们离开公司后的工作安排。如今,明创信息咨询服务公司的规模大了不少,员工也增加到了二十多人。

众人从会议室出来时,李文军的秘书走了过来,对他说:"李总,外面有个女人找你,说是你的老熟人。"

"我的老熟人,谁啊?"李文军愣了一下,疑惑地问道。

秘书摇摇头:"我也不知道,她说你见了她自然就明白了。而且,她说还给你带来了一个项目。"

李文军应了一声,说:"行,让她去我办公室等着,我随后就过去。"

秘书应了一声,转身走了。

宋佳佳好奇地凑了过来,问道:"李总,你除了薛总之外还有什么女性朋友?快从实招来!"

李文军瞪了宋佳佳一眼,没好气地说:"别瞎想啊,兴许是个女客户呢。我见见再说。"

李文军没走几步,薛明艳就跟了过来。

"艳艳,你跟来干什么?"李文军回头看着薛明艳。

薛明艳上前挽着李文军的胳膊,说:"我要去看看,到底是什么人啊。"

李文军叹口气,苦笑着说:"你别疑神疑鬼的!放开我吧,这可是在公司。让人看到,影响多不好。"

"那又怎么了?咱们可是正大光明的情侣关系。再说了,我这么做,也是宣示主权。"薛明艳抬头盯着李文军的眼睛,做出你不答应我就死定了的表情。

李文军无奈地说:"好好,你怎么着都行。"

两个人来到办公室,李文军刚要开口,可当他看清女人的脸时,他脸上的表情顿时凝固了。

薛明艳也是满脸惊讶。她下意识地加大挽着李文军的力气,仿佛担心被人抢走。

李文军怎么都没想到,眼前的人居然会是车雪晴。

他们已经有三年多没见了,车雪晴的变化非常大。她像是一个雍容华贵的贵妇，穿着不俗，身上流露出高贵的气质。她留着短发，精致的脸上看不到岁月的痕迹。不过，车雪晴的神色中带着一抹忧伤。不仔细看，是不会被察觉的。

"是，是你！"好半天，李文军才缓过神来。

车雪晴站了起来，缓缓走了过去，伸出一只手："文军，好久不见了。"

李文军应了一声，和她握手："是啊，好久不见了。"

薛明艳这时也伸出一只手，笑着说："刘太太，你好。"

车雪晴听到这话，脸上掠过了一抹不悦的神色。可是，她也没说什么。她象征性地和薛明艳握了握手。

这时，车雪晴注意到李文军和薛明艳亲密的样子，忍不住说道："文军，你和薛小姐不会……"

李文军还没来得及开口说话，薛明艳已经抢先回答道："对，你猜得没错，我们俩已经结婚了。而且，我已经有了身孕。"话说着，她摸了摸自己平坦的小腹。

李文军见状，有些迷糊。他不知道薛明艳在搞什么鬼。

"是吗？还真是挺快啊！看起来，你俩如今过得非常幸福啊。"车雪晴的眼眸中流露出几分嫉妒的神色。

李文军轻咳了一声："雪晴，你和刘泽星的孩子，算起来应该也三岁多了吧。"

"三岁多？如果他还活着的话，应该是有的。"车雪晴神色幽幽，若有所思地说道。

"怎么了？孩子出什么事情了吗？"李文军见状，不由得紧张起来。

车雪晴深吸了一口气，眼眶中隐约闪着泪花。她轻轻擦拭了一下，说："算了，都过去了，不提了。文军，我这次来，是想和你谈点儿正事。"

"哦，那行，你快坐吧。"李文军闻言，连忙说道。

车雪晴看了一眼薛明艳，嘴唇动了动，迟疑地说："文军，要不然……要不然咱俩还是出去说吧。"

"出去说？刘太太，你这话我就不明白了。既然是谈正事，为什么还怕被我听到？"薛明艳双臂抱在胸前，露出一副高傲的姿态。

车雪晴看了薛明艳一眼，说："薛小姐，你别误会。我来找文军，真的是谈正事的。我清楚自己如今的境地，也知道你俩现在过得很幸福。放心吧，我不是来当第三者的。有些事情，错过了就永远都无法挽回了。"

薛明艳听着这话，心里的大石头总算是落了地，她感觉自己是个胜利者。不过，她还是不放心让李文军跟车雪晴单独出去："刘太太，谢谢你的这些话。不过，我还是……"

"艳艳，好了，你放心吧，我有分寸的。"李文军没等薛明艳说完，微微摇了摇头，说道。

"你……"薛明艳没想到李文军会这么说，她有些生气地说，"好，你去吧！我知道你心里巴不得立刻就去呢。"说完扭头气呼呼地走了。

李文军看着薛明艳的背影，无奈地叹了一口气。

这时，车雪晴走了过来，说："文军，对不起，都是我不好。"

"好了，雪晴，没事的，我们走吧。"李文军淡然一笑，说道。

李文军和车雪晴来到公司附近的咖啡馆。车雪晴点了两杯咖啡，一杯焦糖玛奇朵，一杯是卡布奇诺。她将卡布奇诺推给李文军。

李文军看了车雪晴一眼，淡淡地说："谢谢。不过，我已经不喝这个了。"

车雪晴愣了一下，随后问道："那你喝什么？"

李文军看了一眼服务员，说："给我来一杯白开水吧。"

车雪晴闻言，脸上掠过一抹怅然的神色，有些忧伤地说："文军，你真的和过去一刀两断了？"

李文军不紧不慢地说:"雪晴,我们不是已经说好了。过去的就让它过去吧,别再提了。"

"可是……"车雪晴的情绪忽然变得有些激动,手握住李文军放在桌上的手。

李文军迅速抽出了手,站了起来:"雪晴,如果你不是来和我谈正事,只是说这些无聊的话,那我现在就走了。"

李文军站起身,眼光扫到了不远处坐着一个戴着棒球帽的女人。当他看到她脚上的鞋时,嘴角浮起了一抹笑意。正当他偷笑时,忽然看见门口进来一个妇女,身形举止十分奇怪,李文军的眉皱了起来。

车雪晴闻言,慌忙地说:"文军,刚才是我不好。咱们谈正事吧。"

车雪晴搅动着咖啡,长叹了一口气,说:"文军,我这次来,是请你帮我调查我们公司的商业信息泄密事件。我的要求很简单,希望你在最短的时间找到泄密的人。"

车雪晴说到这里,眼眸里迸射出熊熊的怒火。似乎与泄密的人有不共戴天之仇。

李文军自然注意到了车雪晴的变化。他微微皱了一下眉,问道:"雪晴,按说京城也有多家信息咨询服务公司,你为什么要千里迢迢来找我帮忙?"

车雪晴认真地说:"因为那些人我信不过。而且,他们也没能力做好这件事。"

"为什么?"李文军继而问道。

"你还记得马友天吗?"

"马友天?"李文军睁大了眼睛,"难道,你们公司泄密事件和他有关?"

车雪晴点点头,说:"根据我目前掌握的信息,非常有可能是他。我之前请过其他公司来调查,但最后都没有结果。甚至,和我合作的公司吃里扒外。表面上和我合作，暗地里却将我公司的信息卖给其他公司。我后来才知道，马友天与多家信息咨询服务公司有联系，他通过这些公司收集企业信息，再高价卖出去，从中获利。我已经没有别的办法了，现在只有你能帮我了。李文军，你不会见死不救吧？"

李文军想了一下，缓缓地说："雪晴，你这是给我出了一个难题啊。这个马友天，我是和他交过手。只是……"

李文军原想着去京城开展业务，前期最好不要碰到马友天，否则公司在京城立不住脚，很有可能被马友天赶出京城。

车雪晴看着李文军。恳求着说："文军，你帮帮我吧。现在，我唯一能指望的只有你了。"

李文军连忙说："雪晴，你别这样。我记得刘泽星和马友天关系匪浅。这件事情，你可以找他啊！"

"他？还是算了。我们的孩子死了，他都不关心一下，我还能指望他什么？"车雪晴听到刘泽星的名字，脸色变得非常难看。

李文军听到这里，再看到车雪晴一脸绝望的表情，心里不免有些同情："孩子死了？雪晴，到底出了什么事情？"

车雪晴把头转向窗外，脸紧绷着，嘴抿成一条线。

"我的孩子是被马友天给害死的！半年前，我孩子生病住院。当时正好赶上公司泄密事件频出，为了找出泄密的人，我每天都待在公司，耽误了孩子最佳的治疗时间。等我接到医院电话的时候，已经晚了。"

车雪晴说完，捂着脸，"呜呜"地哭了起来。

李文军见状，心里有些于心不忍。他伸手轻轻拍了拍车雪晴："雪晴，你别难过了。既然事情已经发生了，你现在最主要的就是找出窃密的人，让马友天为自己做过的事付出代价。"

车雪晴看着李文军，咬牙切齿地说："我一定要帮孩子报仇。即便拼上性命,我也要揭穿马友天。所以,文军,你帮帮我,好不好?"

李文军听到这里,没有了拒绝的理由。他严肃地说:"雪晴,你放心,我一定会帮你将这个浑蛋绳之以法,让他受到应有的惩罚。"

"文军,我谢谢你了。"车雪晴露出了欣喜的神色,"等抓到马友天,我一定要将他千刀万剐。"

李文军能感受到车雪晴的愤怒和恨意,忙说:"雪晴,我可以接下这个项目,但你得答应我一个条件。"

车雪晴愣了一下,说:"你说吧,什么条件?"

"如果我真的调查出泄密的人,不管他是谁,我希望你能冷静一点,不要做出让自己后悔的事。"

"可……好,文军,我答应你。"车雪晴犹豫了一下,答应了下来。之后,他俩约好了在京城见面,到时候再具体谈项目相关的细节问题。

第二节 荣归故里

二人从咖啡馆出来的时候,李文军发现之前在咖啡馆的那个妇女也跟了出来。

李文军偷偷向后瞄了几眼,然后带着车雪晴走了几条街。可是妇女依然远远地跟着。

李文军心里暗暗吃了一惊,知道自己今天是碰上厉害角色了。

正在这时,李文军忽然看到路边有一家酒店,于是拉着车雪晴走进酒店。

车雪晴有些诧异,小声地说:"文军,出什么事了?你干吗突然来这里？"

李文军凑到车雪晴耳边，说："雪晴，我们被人跟踪了。"

"跟踪？是谁？"车雪晴惊呼了一声，连忙转头看。

李文军拉住车雪晴，小声说："千万别回头，别让她发现了。"

李文军拉着车雪晴来到酒店的走廊，趁妇女还没有跟上的时间，躲到一旁的安全通道处。

三四分钟后，他们见到一个妇女走了过来。她四处张望着，好像在寻找什么。

车雪晴看到这一幕，心里暗暗吃了一惊："这个……这个女人，她跟踪……"

"女人？雪晴，那是个男人。你看他走路的姿势，还有身形，分明就是个男人。最重要的是，你看他的鞋子，女人哪有那么大的脚。"

车雪晴心里有些慌张："文军，这……这到底怎么回事？"

李文军若有所思地说："雪晴，看起来，你的行程被泄露了。有人知道你来云京找我，特地派人跟踪你。"

"天啊！那……那我该怎么办？如果让马友天知道我雇你去调查他，恐怕是要打草惊蛇，他一定会防范的。"车雪晴闻言，心里有些紧张。

李文军摸着鼻梁，嘴角露出一丝笑意："放心，我自有办法。"

几分钟后，车雪晴和李文军争吵着走了出来。

车雪晴狠狠地打了李文军一耳光，喊道："李文军，我真没想到你是这样的人！我真后悔来找你。"

李文军捂着脸，冷笑了一声，说："车雪晴，你当初害我那么惨，现在有难了才知道来找我了。你以为你是谁啊？！我在云京活得挺舒服的，才不要去京城蹚浑水呢！"

"李文军，行！算我瞎眼了，我这就走。"车雪晴狠狠地瞪了李文军一眼，转身气呼呼地走了。

李文军捂着脸，冲着车雪晴的背影，喊道："你以为谁稀罕你啊！趁早赶紧离开我的视线，滚得越远越好！"

李文军一边说着，一边偷偷打量角落里的妇女。

妇女眼眸里露出震惊的神色，不敢相信地看着眼前的一切。

李文军回到公司，走进办公室，看到薛明艳坐在老板椅上，跷着二郎腿，双手抱在胸前，以一种居高临下的姿态看着他。

"李总，你和前女友约会回来了，这时间可不短啊！"

李文军一手摸着鼻梁，一手插进裤袋，走到办公桌前，说："薛总，我们都聊了什么，你难道不清楚吗？"

"我……我清楚什么了？李总，你这话我可就听不懂了。"薛明艳脸上掠过了一丝不自然的神色。

李文军微微朝前探了一下身子，注视着薛明艳，说："薛总，你今天在咖啡馆偷偷监视我们，难道没看个一清二楚吗？"

"谁……谁监视你们了？李文军，你说话可得有证据啊。"薛明艳站了起来，一副被冤枉的架势。

"难道角落里那个戴着棒球帽的女人不是你吗？"

"你凭什么说那是我啊？"

李文军摇摇头，笑着说："艳艳，你说你去监视人，鞋子和袜子都不换一下。"

薛明艳低头一看，拍了一下额头，暗叫道："哎呀，我怎么把这茬给忘了。"随即她露出欣慰的表情，"你今天表现得不错，抵挡住前女友的诱惑。所以，我决定好好奖赏你一下。"

"奖励什么呢？"李文军好笑地说。

"我今晚请你吃个饭，不过，你付钱！"

李文军看着薛明艳得意的模样，心里有些好笑。

随后，李文军收起了笑容，一脸认真地说："艳艳，我想你也知道我和车雪晴的谈话内容了。我打算正式接手这个项目。"

薛明艳微微皱了一下眉，有些担忧地说："文军，咱们刚去京城，根基还不稳。我们这么做会不会太……"

李文军打断薛明艳的话，说："那我们干脆赌一把。如果这次的项目做成了，我们的公司就会在京城迅速打开知名度。如果失败了，我们大不了就过几年再涉足京城的市场。"

薛明艳略想了一下，说："既然你已经想好了，那我没什么意见。但是，你得答应我一个条件。"

"什么条件？"

"这次的项目和从前不一样，马友天非常狡猾，而且做事没有底线。为了以防万一，我要和你一起接手这个项目。"薛明艳露出不容置疑的表情。

李文军心里涌起一阵暖流，他看着薛明艳，说："好的，艳艳。这一次咱们携手共进。不过，我还想将刘杰他们三人带过去。他们三人经验丰富，有他们在，一定会事半功倍的。"

薛明艳点点头，说："嗯，其实我也是这么想的。"

没过多久，李文军将刘杰三人叫到会议室，重点讨论了一下车雪晴的项目。同时，他让刘杰三人现在开始收集静海医药公司的信息。

第二天一早，他们一行五个人，启程前往京城。

一路上，大家都非常兴奋，有一种荣归故里的感觉。对李文军而言，这种感觉更强烈。甚至，他有一种近乡情怯的感觉。想一想，当初从京城出来的时候，前途渺茫，心里惴惴不安。而今，他已经是业内知名的信息官。三年的时间，改变了很多事情。

李文军知道，自己的改变离不开薛明艳的支持。他看了一眼坐在旁边的薛明艳。她此时靠着自己，紧紧地握着自己的手。

真不敢想象，平常强势高傲的薛明艳，如今居然像个小女人一样。

"想什么呢？文军。"薛明艳看了李文军一眼，轻轻地问道。

李文军回过神来，轻笑了一声，说："艳艳，刘杰他们调查静海医药公司，有什么结果吗？"

薛明艳点了点头，用脚踢了一下刘杰。

刘杰转头看着薛明艳，说："咋了？薛总。"

薛明艳瞪了刘杰一眼，说："你是没去过京城吗？这一路激动的。"

刘杰挠了挠后脑勺，说："这不好久没回去了吗？"

李文军笑着说："好了。咱们先开一个会议，讲讲你们昨天调查的结果吧。"

三人对视了一眼。刘杰率先说："李总，我就知道你会问的。我已经准备好材料了。"说着，他打开了笔记本电脑，然后打开了一个图表。

图表上清楚地记录了静海医药公司的人员名单，以及他们的职能。

李文军看到这些，不由得冲刘杰伸出大拇指："刘杰，你现在的能力提升不少啊！"

刘杰不好意思地笑了笑，看了一眼薛明艳，说："哪里哪里。这都是薛总教导有方。还有，这是我们三人共同努力的结果。"

陈明打趣着说："哟，刘杰，你现在的觉悟真是提高不少，还能想起我和佳佳，真是不容易。"

李文军笑了一声，说："好了，不要闹了。刘杰，你先谈谈你的看法。你觉得哪个职位的人最有可能参与到泄密事件中？"

刘杰想了一下，说："李总，这个很难说，很多人都有泄密的嫌疑。当然最有可能的就是药品研发部的两个研发人员——贾似飞和龙思康。他们负责药品的研究和临床试验，接触的都是最核心的机密。"

"哦,是吗?说说你的理由。"李文军饶有兴趣地问道。

刘杰接着说:"我调查了这两个人。贾似飞前年离婚,被前妻分走了一大部分的家产。他现在的经济状况并不好,很有可能受到其他公司的利诱,从而出卖静海医药公司的信息;而龙思康,是国内著名的生物学家,毕业于哈佛大学。曾在多家医药公司任职。前年才来到了静海医药公司。我们调查过他是被静海医药公司雇用的猎头公司挖来的。当然,不排除猎头公司从中作梗的可能。"

李文军点点头,说:"嗯,非常有道理,继续说。"

宋佳佳接过话,说:"李总,另一个可疑的人是静海医药公司的副总——钱有志。他在静海医药公司的资历非常老。根据我的调查,他本来有可能被提拔担任总经理。可是,静海医药公司属于北极星科技公司的下属公司,车雪晴凭借刘泽星的关系成了静海医药公司的总经理。不过,钱有志虽然是副总,可是权力却很大,公司药品的研发工作,都是他在负责。因而,他也有机会接触公司的机密信息。"

李文军听到这里,点点头,说:"我明白了。佳佳,你的意思是钱有志因为没有当上总经理,就挟私报复。利用泄密事件,让董事会怀疑车雪晴的能力,进而给他上位提供机会。"

"对,不排除这个可能。"宋佳佳点了点头,得意地说道。

李文军闻言,冲宋佳佳投来赞许的目光:"说得非常对。看来,你们三人这几年的成长挺大的。不过,这一次咱们要面对的情况可非同一般,对手是个非常狡猾的人。我提醒你们,眼睛看到的,未必都是真的。因为,那可能是对方想让你看到的,明白不?"

三人应了一声,同时点了点头。

从飞机上下来,陈明伸了伸懒腰,用力地吸了一口气,说:"我终于回来了!"

宋佳佳看了陈明一眼，摇摇头，说："你这模样，不知道的还以为你是从监狱里出来的。"

刘杰看了看李文军和薛明艳，说："李总，薛总，咱们不如先去吃饭吧。我好怀念京城的小吃啊！"

李文军的神色有些凝重。他看了他们一眼，说："你们先去吃吧，我还有点儿事情。"

薛明艳仿佛知道李文军要办什么事情，走上前说："文军，我和你一起去吧。"

李文军应了一声，此时他们俩是心知肚明，却都不明说。

宋佳佳看了看他们，说："你们俩真是够了，腻歪了一路，现在还要在一起，干脆拿胶带粘在一起算了。"

"佳佳，你找死吧！"薛明艳朝宋佳佳晃了晃拳头。

第三节　宣示主权

一个小时后，李文军和薛明艳出现在静海医药公司附近的一个茶馆。二人坐在茶馆二楼的临窗位置，从窗户看过去，可以将静海医药公司一览无遗。

刚才，李文军给车雪晴打了一个电话，约她在这里见面。

薛明艳不解地问道："文军，我们都已经到静海医药公司门口了，怎么不进去呢？"

李文军摇摇头，说："艳艳，你忘了我之前和你说的事吗？雪晴来见我，都被人跟踪，如果不是我们当时演了一场戏，恐怕就要打草惊蛇了。

我们要是堂而皇之地去找雪晴,那不是在告诉马友天,我们来调查了吗?"

薛明艳明白过来,连忙说:"对对,你看我都给忘了。"

李文军手摸着鼻梁,嘴角浮起一抹浅笑,说:"我们和马友天现在就是猎物和猎人的关系。每个猎人在打猎的时候,都要学会隐藏自己,等到猎物自己露出马脚,才能打到猎物。"

李文军的目光盯着静海医药公司的门口,很快,车雪晴就出来了。她走出来没多久,李文军就看到她身后跟出来一个中年妇女。

中年妇女看起来其貌不扬,扔在人群里,谁也不会注意到她。

薛明艳也注意到了中年妇女,忍不住说道:"文军,那个女人……"

李文军点点头,随即掏出手机,给车雪晴发了一条短信。

车雪晴收到李文军的短信后,神色有些紧张,但还是努力保持镇定。随后经过茶馆的时候,车雪晴没有走进去,而是去到茶馆旁边的超市。

车雪晴在超市里买了一包卫生巾,然后若无其事地出来。中年妇女见状,立即跟了上去。

李文军将这一幕都看在眼中,然后给车雪晴发了一条信息。

十分钟后,车雪晴从静海医药公司的后门出来,来到了茶馆。

车雪晴走过来,拉开椅子坐下来,看着李文军问道:"文军,你是不是……"

李文军不等车雪晴说完,伸手指了指窗外,说:"喏,雪晴,这人你认不认识?"

车雪晴看了一眼在十字路口的中年妇女,摇摇头,说:"我不认识。你说她跟踪我,这怎么可能?"

李文军笑了一声,说:"这没什么不可能的,你现在身边到处都是眼线。"

车雪晴无奈地叹口气,目光落在薛明艳身上:"薛总,你也来了。"

薛明艳点了点头,然后靠近李文军,轻轻挽着他的胳膊,说:"是啊,车总,怎么说我们也算是朋友。那个马友天太过分了,我于心不忍,就来帮忙了。"

李文军回握着薛明艳的手,然后对车雪晴说:"雪晴,你放心,艳艳是个非常出色的信息官。有她的加入,我们一定会在最短的时间内找到马友天的犯罪证据。"

"谢谢了。"车雪晴端起面前的茶喝了一口。她发现这茶是那么苦涩,苦到让人想哭。

"雪晴,你怎么了?我看你的神情有些恍惚?"李文军看了车雪晴一眼,问道。

车雪晴回过神来,极力掩饰自己的情绪,说:"啊!我刚才在想身边的眼线会是谁?"

薛明艳说:"车总,这个还真不好说。不过,你现在出来的时间也不能太久,否则会让人生疑的。你现在就把详细的情况和我们说一下,然后就赶紧回去,绝对不能让马友天产生怀疑。"

车雪晴收拾了一下情绪,说:"好的,是这样的。"

车雪晴两年前开始担任静海医药公司的总经理。本来,她踌躇满志,打算好好干一番事业。她集中了公司的大部分资源,开发之前一直搁置的新药。可是,一年前,一款治疗高血压的药品研究刚刚有了结果,药品的实验数据,以及临床表现等机密信息遭到窃密,被静海医药公司最大的竞争对手三牛制药公司抢先发布新药,导致静海医药公司损失了三千万美元。在这之后,又有两款新药的数据和信息遭到泄露。车雪晴找了好几家信息咨询服务公司,但都没有查到泄密的人。

因为泄密事件,静海医药公司的股价大幅度下跌,董事会对车雪晴的领导能力产生了怀疑。车雪晴在公司的地位,如今是岌岌可危。这段时间,静海医药公司的另一款药品研究有了突破性进展。这个时候，车雪晴绝对不能让泄密事件再次发生。

听完车雪晴的叙述，薛明艳将之前他们在路上分析出的结果和车雪晴说了一下，并询问了一下三个人在公司的表现。

车雪晴想了一下，说："贾似飞和龙思康都是我亲自提拔上来的人。尤其龙思康，他是我雇用猎头公司挖来的。他们的薪资待遇不低，应该不会做出这种事吧。至于你说钱有志，我觉得他的可能性非常大。如果我出事，那对他是最有利的。"

李文军笑了笑，说："雪晴，这些其实都是咱们的猜测。但一切还是要用证据说话。"

"好的，文军，我相信你们。"车雪晴看着李文军，用力地点了点头。

薛明艳从车雪晴的目光里看出眷恋的眼神。她故意看了看时间，说："车总，时间不早了。我看你还是回去吧，否则要被人怀疑了。"

车雪晴点点头，缓缓地起身，走出茶楼。

回去的路上，薛明艳抬眼看了看李文军，说："文军，车雪晴对你可是恋恋不舍啊！要是我今天不在的话，你们会不会旧情复燃了？"

李文军瞥了薛明艳一眼，说："艳艳，你瞎想什么呢？我都跟你说了多少遍了，我们俩不可能的。"

"哼！谁信呢！"薛明艳耸耸肩膀，冷冷地说。

李文军无奈地摇摇头。他知道女人如果不讲道理起来，男人说多少话，她们都会觉得是在狡辩。所以，当下只好转移话题，问道："艳艳，你饿不饿？咱们去吃点儿东西吧。"

"好啊，说起来，我还真有些饿了。"

两人在路边找到一家小店，进来后，找了位置坐下，点了两碗面。正吃着饭，忽然听见不远的位置上，一男一女正在吵架。

李文军抬头看过去，心里吃了一惊。他怎么都没想到，吵架的男女居然是张宇坤和文静。

这时，张宇坤抓起文静的手，蛮横地叫道："文静，我今天再问你最后一遍，你到底愿意不愿意？"

"不愿意！张宇坤，我已经说了很多遍了，咱们俩不合适，你就不要再纠缠我了。"文静想也不想就拒绝道。

"你不要太过分！这些年我对你已经够意思了，你不要蹬鼻子上脸！你不就惦记着李文军吗？我告诉你，他就算站在我面前，我也不会把他当回事的！"张宇坤一边说着，一边伸出手做出要打文静的姿势。

眼瞅着张宇坤的手就要打到文静的脸上，却被人挡住了。他一转头，看到了李文军。

再度看到李文军，张宇坤本能地感到惊慌失措，这是源于他内心的惶恐和心虚。

"李……李总，怎么……怎么会是你？"张宇坤的嚣张气焰瞬间就消失了一大半。

李文军的嘴角勾起了一抹阴狠的笑意。从前只要他露出这样的表情，就会有人倒霉。张宇坤看到这情景，心里有些害怕。

"张宇坤，你刚才说什么？我站在你面前，你会怎么着？"

"我……李总，我那都是……"张宇坤有些六神无主，心里萌生了一个可怕的念头。李文军该不会是来找他报仇的吧？

李文军的眼睛死死地盯着张宇坤，说："张宇坤，你知道这么多年来，我每晚都在想着什么吗？"

张宇坤支吾着说："李总，那都不关我的事，那都是……都是刘泽星，是……是他指使我做的。"

李文军恶狠狠地说:"张宇坤,如果我没记错的话,当年你是我的人,什么时候那么听刘泽星的话了。还有,我警告你,文静刚才已经把话说得很明显了,如果再让我知道你纠缠她,你是知道我的能力的!"说完话,他用力甩开张宇坤的手。张宇坤一个趔趄摔倒在地上,赶紧说道:"李总,你……你放心,我……我以后绝对不会再纠缠文静了。"

"滚,永远别再让我看到你。"

其实,对于张宇坤当年做的事,李文军已经放下了。他之所以会这么生气,是因为张宇坤对文静的做法实在是太过分了。

"文静,你没事吧?"李文军关切地看着文静,问道。

文静抬眼看着李文军,捂着脸摇了摇头。忽然,她扑到李文军怀里,"呜呜"地哭了起来。

"李总,真的是你,我还以为再也见不到你了。"

文静的举动让李文军有些措手不及。他轻轻拍了拍文静的后背,说:"我又不是失踪了,怎么会见不到呢?"

这时,薛明艳脸色难看地走了过来。

李文军赶紧将文静推开,说:"文静,你还好吧?"

文静用力地摇摇头,说:"李总,我没事。"

薛明艳这转头看着文静说:"文静小姐,你好。"

文静看了薛明艳一眼,惊异地问:"请问你是?"

李文军刚要介绍,薛明艳却自我介绍了起来:"我叫薛明艳,是文军的女朋友。"

听到薛明艳特意加重了"女朋友"三个字的语调,李文军哭笑不得。

文静听到这话,眼眸里闪动的光亮,顿时黯淡了不少。

随后,李文军和文静讲了一下自己这些年的经历。同时,也问了文静的状况。

文静告诉李文军,因为受不了张宇坤这些年的纠缠,她已经从"北极星"辞职。可是张宇坤却一直对她死缠烂打。

李文军心里有些愧疚,叹口气,说:"文静,对不起啊,我没想到当年的事情会给你带来这么大的困扰。"

听到李文军和自己说对不起,文静心里十分吃惊。

文静仍然记得四年前最后一次见到李文军的情景,他是那么倔强,不肯接受任何人的帮助。即便是落魄到要去人才市场找工作,身上却流露出骄傲自负的气质。

想到这里,文静摇了摇头,淡淡地说:"李总,你千万别这么说,事情都过去那么久了。况且,当时是我背叛了你。可是如果再重来一次,我还是会那么做的。"

李文军看着文静坚定的目光,虽然她的话在别人看来有些无情,但李文军却觉得很欣慰。

"文静小姐,你接下来有什么打算吗?"薛明艳随口问了一句。

文静叹口气,摇摇头说:"我现在静海医药公司上班。但是,我正在考虑辞职。张宇坤一直纠缠我,甚至连上班时间都不放过。"

李文军听到这里,忽然眼前一亮:"文静,你在静海医药公司上班,在哪个部门?"

文静回答道:"财务部。"

"太好了!"李文军听到这里,有些欣喜和激动。他看了看文静,"文静,你想不想来我们公司上班?"

"什么?去你们公司?这……这能行吗?"文静转头看向薛明艳,试探地问道。

李文军想都没想就说:"有什么不可以的,只要你愿意,薪酬方面就按你现在的待遇。但是,我有一个要求,就是你得继续留在静海医药公司上班，帮我收集静海医药公司的信息。"

文静闻言，惊慌地说："李总，你……你是想让我做商业间谍。可是……可是你不是已经……"

李文军闻言，笑着说："文静，你想哪里去了。我这是受你们公司的总经理车雪晴的委托来调查你们公司信息泄密事件的。所以，你在静海医药公司帮我收集信息，不算是商业间谍。"

听到这里，文静终于放心了，她立马回答道："好的，李总，我听你的。"

第四节　保安大彪

回去的路上，薛明艳的脸色一直非常难看。她不满地说："文军，我就不明白了，你为什么要让文静负责这么重要的事情。你忘了……"

李文军转头看了一眼薛明艳，说："艳艳，你放心吧，文静是什么人，我非常清楚。"

"李文军，你们俩之间到底有什么过往？你凭什么这么相信她？"薛明艳做出一副刨根问底的姿态来。

李文军忍不住叹了口气，把头转向车窗外，然后将当年的事情和薛明艳讲了一遍。

虽然他们已经认识很久了，但李文军从来没有好好地和薛明艳讲述当年的事情。或许是他的内心还是有些放不下吧，但是今天听到文静说"但是如果再重来一次，我还是会那么做的"这句话后，他的心好像突然就顺畅了很多，对当年的事也看开了。

听完这些，薛明艳睁大了眼睛，上下打量着李文军，好像第一天认识他一样。

李文军疑惑地看着薛明艳，说："艳艳，你看什么呢？"

薛明艳双手抱在胸前，微微颔首说："李文军，刚才听你说你过去的事，我还真怀疑眼前的你是不是当年的你。真如你所说，那你当年可以和现在的马友天相提并论啊！"

李文军苦笑着说："你说得没错，其实当年就是马友天揭穿了我的手段，然后将我送进监狱的。没想到，风水轮流转，今天轮到我调查他了。"

薛明艳打趣着说："文军，你说马友天会不会尊奉你为老师？俗话说得好，'青出于蓝而胜于蓝'嘛。"

李文军闻言，表情凝重地说："真要是这样，那我就更要揭穿马友天的真实面目。毕竟，我犯下的错，就要去改正。"

李文军若有所思地看着前方。此时，夕阳西下，远处的天边红彤彤的一片，仿佛凤凰涅槃的景象一般。

第二天，文静就在李文军的公司办理了入职手续，正式成为明创信息咨询服务公司的一员。

李文军安排文静进入公司，是有自己的考量的。现在如果贸然派遣一个人进入静海医药公司调查，很有可能会被马友天察觉。那么，为今之计，只有在不动声色的情况下，通过文静这个原本就在静海医药公司工作的人来收集信息。

文静负责静海医药公司内部的调查，李文军等人则负责调查公司外部的情况。当然，主要的调查对象还集中在贾似飞、龙思康和钱有志身上。李文军负责调查钱有志，薛明艳负责调查贾似飞，刘杰负责调查龙思康。

根据几天的调查，加上宋佳佳和陈明搜集来的信息，李文军越发觉得钱有志不像是泄密的人。之前几次泄密事件发生的时间，他正好在外地出差,酒店入住的记录证实了这一点。而且,钱有志有个美满的家庭。他基本上下班后就会回家。李文军亲眼看见钱有志对老婆言听计从的样子。

从犯罪心理学上讲,一个人如果要铤而走险去犯罪,首先就是自己的欲望得不到满足。

虽然钱有志的事业欲望没有得到满足,但是李文军也是一个男人,他知道,男人的事业欲望可以被家庭的温暖所融化。也就是说,钱有志绝对不会放弃现有的安稳生活,铤而走险做出犯罪的事。

当然,事情也不能轻易地下定论。所以李文军还是决定做一个实验,测试一下钱有志。

这一晚,钱有志下班后像往常一样回家。他刚停好车,从停车场出来。忽然,旁边急匆匆地走出来一个男人,和他撞了一下。

"哎,你干吗呢?怎么不看着点儿路?"钱有志有些生气地说。不过,男人根本没搭理他,迅速就走得没影了。

钱有志小声地嘟囔了几句,正要往家走,忽然看到地上有一个包裹。他觉得这可能是刚才那个男人不小心掉下来的。

钱有志捡起包裹,里面掉出几张照片。他低头看到照片上内容后,心里顿时吓了一跳。

照片上是车雪晴和一个男人,车雪晴手里拿着一个 U 盘正在递给男人。联想到公司这一年来的商业信息泄露事件,钱有志心里怀疑起车雪晴来。

这一晚,钱有志彻底失眠了。

次日刚到公司,钱有志就来到车雪晴办公室门口。他犹豫了好久,始终没有打开门。

这时,车雪晴打开了办公室的门,看到门口的钱有志,诧异地问道:"咦,钱总,你站在这里做什么?是不是有事找我?"

钱有志咬着嘴唇,犹豫了片刻,沉声说:"车总,我有个很重要的事情要和你谈。"

"好,你进来吧。"车雪晴闻言,让钱有志进来。

钱有志将昨晚捡到的照片递给了车雪晴:"车总,你看这是什么?"

车雪晴拿起那些照片看了一眼,吃惊地说:"这……你是从哪里找来的?"

"这你别管。"钱有志盯着车雪晴,"车总,我觉得这肯定是别有居心的人在往你身上泼脏水!"

车雪晴听到这话,心里不免有些震动:"钱总,你为什么会这么认为?"

钱有志想了一下,说:"车总,咱们一起共事好多年了,你是什么样的人,我是很清楚的。如果一个为了公司,连自己的孩子都顾不上的人会泄露公司的商业信息,那打死我也不会相信的。"

"钱总,谢谢你对我的信任。"车雪晴看着钱有志,心里百感交集。

"好了,车总,这件事情你知我知就好了。"钱有志如释重负地出了一口气,转身走出办公室。

钱有志走了之后,车雪晴迅速给李文军打电话,如实说了刚才的事。她有些不敢相信地说:"文军,他竟然将这些照片都交给我了。"

"那是因为他根本没想过夺取你的职位。"李文军对于这个结果并不意外,他的心里已经将钱有志拉出了嫌疑名单。

晚上六点多的时候,薛明艳和刘杰相继回到公司。

三人各自汇报了自己调查的结果。刘杰调查的龙思康也没有嫌疑,基本上是可以排除了。

薛明艳调查的贾似飞最近却形迹可疑。根据薛明艳掌握的信息,贾似飞因离婚被前妻分走大部分财产,但他却没有生活拮据的情况。而且,他最近还交了一个女朋友,两个人的消费水平很高。

这段时间，贾似飞经常出入一家商务会所。这家商务会所以经常出入的业界名流而闻名，而贾似飞显然和商业名流四个字没有关系。三人做了工作总结后，李文军做了一个重要决定，他要亲自调查贾似飞。

两天后的一个下午，一个维修工骑着一辆破旧的电瓶车来到静海医药公司。门口的保安打电话到公司前台，说是维修工来修理总经理办公室的灯具。结果被告知要等一会儿。

让维修工生气的是，前台小姐看到他后，说他的穿着影响公司形象，让他好好整理一下自己再过来。

修理工在公司门口嘟囔着。这时，旁边的保安走了过来，冲他笑了一声，说："兄弟，你就忍忍吧。"

维修工转头看了保安一眼，从口袋里掏出两根烟，递给他一根，说："哥们儿，你说他们这些人讲不讲道理啊！是他们自己说灯坏了，让我过来修。现在又说我形象不好，不让进去。岂有此理，难道我们维修工就低人一等吗？"

"哎呀，兄弟，消消气吧。大家都是一样的。"保安宽慰了维修工一句。维修工似乎找到了知己一样，随即和保安熟络起来，两人迅速聊了起来。

很快，他们就聊到了静海医药公司。保安像是知道什么事一样，告诉维修工，静海医药公司最近面临很大的问题，重要的商业信息遭遇了泄密，公司高层憋了一肚子火。

听到这里，维修工吃惊地说："泄密？去公司里偷东西吗？"

保安点点头，说："听说是公司里有人将商业信息泄露了出去。"

"是吗？看起来，你懂的不少啊。"维修工皱着眉头说，"唉，真是搞不懂。这些人天天坐在冬暖夏凉的办公室里上班，又拿着那么高的工资，居然还不知足。"

"唉，谁知道呢？"保安假装很神秘地说，"我告诉你，公司泄密的前天晚上,我亲眼看到一个医药研发人员半夜悄悄地来过公司。"

"是吗?他们的收入可不低,难不成还敢去干这种违法的事情。"维修工惊诧地说。

"可不是嘛。不过,我听说这个人和老婆离婚,被分走了一大部分的财产。他还要还房贷,压力也是大啊。唉,这些人赚得多,花得也很多。"保安随口说道。听到这里,维修工也叹了一口气:"唉,有钱人的生活咱们也羡慕不来。"

这时,公司的前台小姐走了出来,不耐烦地催促维修工赶紧进去。

维修工和保安辞别。临走时,保安告诉维修工自己叫大彪,以后有空一起喝酒。两个小时后,维修工完成了工作,从公司离开。

二十多分钟后,维修工回到了明创信息咨询服务公司。他卸下了身上的伪装,现出了李文军的面目。众人见他回来,纷纷凑了过来,好奇地问长问短。

李文军笑着说:"今天我去静海医药公司调查,有一个重大发现。"

"重大发现?"薛明艳拉过椅子坐了下来,"什么重大发现?你说说看。"

李文军端着咖啡,喝了一大口,说:"是这样的,我今天去静海医药公司的时候,遇上了一个叫大彪的保安,他跟我说了一些事情。"

"什么事情?"

李文军随即将今天的事一五一十地讲了一遍。

"看起来,眼下嫌疑最大的就是贾似飞了。从现在起,我们将所有的精力都集中在贾似飞的身上。"

薛明艳点点头,说:"没问题,我们一定全力配合你。"

李文军想了一下,说:"我明天还要再去一趟静海医药公司,趁机从大彪口中再套一些话。我看大彪好像知道很多事情。"

刘杰不以为然地说:"李总,一个小保安能知道多少事?"

李文军摇着头，说："刘杰，这你就不懂了。正是因为他是个小人物，所以人们才不会把注意力放在他身上。而他则因为工作清闲，有时间观察周围的人和事。"

听李文军这么一说，刘杰也觉得很有道理，不再多说什么了。

次日，李文军又出现在静海医药公司。这一次，他在公司里待了半个小时就被赶出来了。前台小姐生气地说："你修不成就赶紧走，我这就打电话给你们公司投诉。"

"你们简直欺人太甚！办公室里的灯分明是你们自己操作不当坏掉的，为什么要我承担责任，来赔偿这些损失？"李文军气呼呼地辩驳道。

"少在这里胡搅蛮缠，赶紧走。"前台小姐气呼呼地骂道。

"我不走，今天你们不给我个公道，我就找你们领导。"李文军说着硬往里面闯。

前台小姐见状，赶紧拦住了李文军："大彪，你过来，把他给我架走。"

远处的大彪迅速跑了过来，拉着李文军往外走："兄弟，先走吧，你这样闹不出什么结果来的。"

李文军假装生气地说："你看他们这样，简直是欺人太甚。"

"好了，兄弟，先走吧。有什么事情，还是找你们公司的领导来和他们协商吧。"

李文军装出一副很不情愿的样子，被大彪拉走了。

大彪将李文军值班室，安慰了他好半天。

这时，大彪看了看时间，说："我马上就要下班了。兄弟，看你这么难受，不如我请你喝一杯吧。"

"好，不过，我请客。"

"哎呀，我请客。你今天受了这么大的委屈，可能还要被罚钱，不能让你再破费了。"大彪连忙说道。

李文军看着大彪朴实的脸庞，心里有些感动："大彪，谢谢你了。"

半个小时后，两个人来到一个大排档，点了菜，要了几瓶酒，开始吃了起来。

喝了几口酒后，大彪的话也多了起来。先是和李文军聊了自己的遭遇。李文军假装感同身受地附和几句。

这时，大彪端起一杯啤酒，一仰头喝了个精光，说："兄弟，咱们这些穷光蛋这辈子也没办法过上那些有钱人的生活。你知道吗？我们公司那个医药研究员贾似飞，我亲眼看见他买了一个钻石戒指送人。还有，今天上班的时候，听说他花二十万买了一条项链，说是要送给女朋友。"

"是吗？看来你们公司的待遇很高啊！"李文军露出一副羡慕的表情。

大彪点头说："可不是嘛。贾似飞还说今晚八点半要去见女朋友。"

李文军看了下时间，已经七点多了。他摇摇头，叹口气说："算了，咱也别羡慕了。这种好事，羡慕是羡慕不来的。大彪啊，我明天还要上班，今天咱们就聊到这儿吧，有时间再聊。"

大彪点点头，说："也是，我明天也要上班呢！"

李文军看着大彪跌跌撞撞地走远了，看了几秒钟，忽然心头生出一丝疑惑来。

这时，薛明艳打来电话，问他进展如何，将他的思路打乱了。

李文军跟薛明艳讲了一下情况，让她立刻过来汇合。

第五节　偷梁换柱

十几分钟后，薛明艳赶了过来。

李文军摸着鼻梁,说:"大彪说贾似飞今天要见女朋友,但是我现在不知道他们要在哪里见面。"

薛明艳将双臂抱在胸前,露出一副得意的神情,说:"走吧,我知道他们在哪里。我这一阵子的调查,也不是白调查的。"

李文军知道,薛明艳这是有意在展现自己,也没多说什么跟在薛明艳身后。

二十分钟后,李文军和薛明艳出现在一家高档酒店的餐厅里。两个人点了餐,一边吃着,一边偷偷地四处观察。

餐厅里的光线非常昏暗,悠扬的音乐环绕在周围。薛明艳看到不少情侣一起用餐。

薛明艳抬眼看了看李文军,小声地说:"文军,咱俩是不是也该做点儿什么。否则,会不会显得太突兀了。"

李文军正全神贯注地寻找贾似飞,没有弄明白薛明艳话里的意思:"做点儿什么?艳艳,你什么意思?"

"哎,你看看人家都在做什么?"薛明艳红着脸,用眼神示意了一下李文军。

李文军转头一看,顿时明白了。他笑了笑,说:"艳艳,咱们是正大光明的情侣,不需要这些形式上的东西。"

"人家这是浪漫,我说你怎么一点儿都不懂呢!"薛明艳瞪了李文军一眼,没好气地说道。

李文军无奈地叹口气,摇摇头,说:"艳艳,咱俩是来办正事的,可不是来卿卿我我的。"

"正事,正事,一天到晚,你就知道正事。难道咱俩的感情不算正事吗?"薛明艳有些生气地说道。

"艳艳,你这不是胡搅蛮缠吗!"

"好，我胡搅蛮缠，我走就是了，不给你添麻烦。"薛明艳忽然起身，一副要走的架势。李文军见状，暗叫不妙，心想女人的脸就跟六月的天一样，说变就变。

就在这时，李文军看到贾似飞和一个戴着口罩的女人走了进来。

李文军顿时慌了神，起身将薛明艳摁回到座位上，小声说："艳艳，你说什么我都答应你。你不是想要浪漫吗？好，我现在就给你。"

说完，李文军用叉子叉了一块蛋糕，做出要喂薛明艳吃的模样。

薛明艳吃惊地看着面前的蛋糕，心想李文军怎么突然开窍了。没想到，她刚一张嘴，蛋糕就喂到了她的脸上。

薛明艳顿时气不打一处来。抬头去看李文军，发现他的注意力压根不在自己身上，而是死死地盯着不远处的贾似飞。

薛明艳狠狠地踩了李文军一脚。李文军终于发现薛明艳脸上的蛋糕，意识到了自己的问题。他赶紧赔笑道："艳艳，对不起啊，我刚才没注意。"

薛明艳气呼呼地说："李文军，你真是无可救药了。"

"嘘，艳艳，你千万别声张，要是让发现了，可就糟糕了。"

"少跟我来这一套，你这么用心，还不是为了车雪晴……"

薛明艳的话还没说完，忽然李文军凑了过来，勾着她的脖子，亲吻上她的嘴唇。

这一刻，薛明艳有些愣了，她睁大了眼睛看着李文军。可是她发现李文军虽然在和她接吻，眼睛却依旧盯着贾似飞。

薛明艳用力挣脱了李文军，愤怒地说："李文军，你竟然……"

"嘘，艳艳，你别声张。你看那个首饰盒。"李文军不等薛明艳说完，做了一个嘘声的手势。

薛明艳愣了一下，回头朝贾似飞看了过去。只见贾似飞将一个首饰盒推到了对面女人的面前，然后笑着说："亲爱的，这是我送你的礼物。"

女人摘下了口罩，露出一副漂亮的面孔。她打开首饰盒，朝里面看了两眼，娇嗔地说："飞飞，谢谢你，你对我真是太好了！"

薛明艳看了半天，也没看出什么："李文军，你让我看什么呢？难道要看贾似飞多浪漫，对女朋友多好吗？"

李文军摇了摇头，说："你想什么呢？你仔细看看首饰盒的旁边，是不是有个USB接口。"

薛明艳闻言，转过头又仔细地看了一眼。首饰盒上居然真的有一个USB接口。

薛明艳吃惊地说："文军，首饰盒难道只是个掩饰，里面装的是商业信息？"

"现在还不好说，得看看情况再说。"李文军脸色凝重，目光一直盯着贾似飞。

薛明艳的怒气此时也消散得差不多了，便安静下来，和李文军一起观察起来。

半个小时后，贾似飞和女朋友起身，从餐厅出来，搭乘电梯去了楼上的酒店客房。

薛明艳看了看李文军，说："文军，咱们还要不要跟过去呢？"

李文军摇摇头，说："不行，我们不能再去了。跟得太紧，会被发现的。"

"好吧，既然如此，那我们走吧。反正和你在这里，也是浪费时间。"薛明艳冷冷地说。

李文军苦笑着说："听你的，我们走吧。"

李文军和薛明艳从酒店出来，正准备开车离开。就在这时，薛明艳无意间看到贾似飞从酒店的侧门走了出来。他一边接着电话，一边警惕地看了看周围，好像担心被人看到。最让她感到意外的是他手里还拿着之前的首饰盒。

薛明艳赶紧拉了一下李文军："文军，你看那个人是不是贾似飞？"

李文军顺着薛明艳的手指看过去："不好，我们刚才可能被他耍了。艳艳，我们赶紧跟上他。"

薛明艳应了一声。两人随即启动了车子，跟在贾似飞身后。

半个小时后，贾似飞的车子停到一家名叫宏达的商务会所门口。

李文军怕被贾似飞发现，把车子停在远一点儿的地方。

李文军问薛明艳："艳艳，这里就是你之前说的贾似飞经常去的那家商务会所吗？"

薛明艳看了李文军一眼，点点头，说："就是这里。"

李文军有些为难地说："这家会所是会员制的，我们进不去，就没办法继续调查。"

薛明艳得意地说："你现在知道我的重要性了吧。上次我调查的时候，就已经办好了会员卡。"

"你办过了？"李文军闻言，欣喜地说，"艳艳，你真有先见之明！"

薛明艳听到这里，摆出一副不买账的表情："文军，可真难得啊！咱们认识这么久了，第一次听见你这么夸我。"

李文军知道薛明艳这是故意气他，也没有回嘴。

十分钟后，李文军和薛明艳进入了会所。

会所内部面积非常大，他们进去后，发现大厅里有很多人，询问了一下服务员。得知这里正在举行酒会。

搞清楚目前的状况后，李文军开始在大厅里找寻贾似飞。

此时，已经是晚上十点了。对很多人而言，这时间已经要准备睡觉了，但是这里却依然灯红酒绿。

薛明艳是头一回来到酒会，不免有些好奇地朝四处打量。

李文军见状，偷偷拉了一下她，小声地说："艳艳，你别表现得太好奇。"说着，李文军伸出胳膊搂着她的腰，然后从服务生的托盘里拿起两杯酒，"来，亲爱的。"

薛明艳环顾四周，疑惑地说："文军，你看到贾似飞了吗？"

李文军微微颔首，说："喏，他在那里呢！"薛明艳循着李文军的视线看过去，在一个包厢里隐约看到贾似飞的身影。

"文军，要不咱们也进去看看吧？"

"千万别，咱们现在过去太明显了。"

"那怎么办？难道眼睁睁地看着他把信息传出去吗？"薛明艳紧张地说道。

"那也没办法。好在我已经提醒过雪晴了，估计贾似飞现在手里的信息也没有太大的价值。"

薛明艳有些不甘心地说："明明都已经抓到现行了，却只能看着，真是怄火。"

李文军苦笑了一下，没有吱声。

两个人等了二十多分钟，见贾似飞从里面出来。他手里的首饰盒已经不见了。显然，他已经把商业信息传递出去了。

正当李文军和薛明艳准备回去的时候，李文军突然看见张宇坤出现在了酒会。张宇坤的表情看上去有些紧张，神态也鬼鬼祟祟的。

"怎么了？文军。"李文军盯着张宇坤看了好一会儿，直到薛明艳察觉出他的异样。

李文军摇摇头，和薛明艳走出会所。

次日下午，李文军照例以维修工的身份出现在静海医药公司的门口。

大彪见李文军又来了，有些意外地说："兄弟，看来你想通了。"

李文军摸着头，不好意思地说："没办法啊。我要是不来，恐怕下个月交房租的钱都没有。"

事实上，李文军的这一句话倒不是为了和大彪套近乎，而是发自内心的话。回想从监狱出来的那段时间，他比谁都清楚生活的艰难。

两人聊了几句，李文军跟着前台小姐来到车雪晴的办公室里。

车雪晴看到李文军过来，眼睛里露出一抹欣喜的神色。她对前台小姐说："行了，这里没你的事了，你出去吧。"

前台小姐说了一句"好的，车总"，转身离开办公室。

李文军正要说话，忽然看到墙上的挂钟上有个小红点。

车雪晴从椅子上站起来，刚要开口说话，就看见李文军给她使的眼色。车雪晴虽然不知道李文军是什么意思，但也没轻举妄动。

李文军假装随意地走到挂钟前，偷偷拿出手机，打下一句话："别乱说话，挂钟上有摄像头。"

"车总，昨天的事情对不起，是我不好。我回去反省了，也被我们领导责罚了。您放心，今天我一定不会给您添麻烦的。"

车雪晴也反应过来，假装生气地说："怎么又是你啊！昨天不是说不让你来了吗？赶紧走！"

李文军一边点头哈腰，一边手指飞快地在手机上写字："我先出去，一会儿你找一个安全的地方，我们再聊。"

李文军从车雪晴的办公室出来不久，就收到车雪晴发来的短信："文军，你来公司二楼的小会议室。"李文军来到小会议室门口，特意在外面仔细观察了一下，才推门进去。

车雪晴看到李文军，急切地问："我办公室里真的有摄像头？你知道谁装的吗？"

李文军摇摇头，说："谁装的我不清楚，但前几天我去你办公室的时候还没有。你仔细回想一下,最近都有谁出入你的办公室?"

车雪晴皱着眉想了一下,然后有些泄气地摇摇头。李文军已经猜到了车雪晴的答案,退一万步来讲,就算车雪晴有头绪,李文军也不会相信,因为谁也不可能正大光明去总经理办公室装摄像头。

李文军想了一下,说:"看来他们已经怀疑上我了。以后你这里我还是尽量少来比较好。"

车雪晴着急地说:"我们该怎么办?"

"不能着急,现在唯一的办法就是静观其变。另外,我昨天跟踪了贾似飞。"

"有什么收获吗?"

"贾似飞确实在出卖公司商业信息。"李文军把昨天在酒会上看到的事情告诉了车雪晴。

车雪晴听完,脸色变得十分难看:"你为什么不当场揭穿他?"

李文军解释道:"贾似飞只是一个'小虾米'。如果我揭穿他,只会打草惊蛇而已。你们公司抗癌药物的研究已经进入最重要的研发阶段,在这个节骨眼上,我们只有忍耐,才不至于损失更大的利益。"

"难道我们就眼睁睁地看着贾似飞出卖公司商业信息?"

"当然不是了,雪晴,你听我说。从现在开始,你要学会利用贾似飞,不能让他想知道什么就知道什么,而是你想让他知道什么他才能知道什么,你懂吗?"

车雪晴是个聪明人,李文军的话虽然很绕,但她还是理解了。她笑着说:"文军,你果然是老奸巨猾!"

李文军不好意思地笑了笑,然后郑重地说:"雪晴,你一定要控制好自己的情绪,千万不能让贾似飞有所察觉。还有让他知道的消息一定要控制好真假的尺度,知道吗?"

车雪晴点了点头，说："文军，你放心吧，我知道的。"

聊完正事后，李文军准备从会议室出来。听见车雪晴在背后问道："文军，你的手表呢？"

李文军愣了一下，随后想起车雪晴问的是之前他过生日车雪晴送他的生日礼物。

"出狱的时候，卖掉了。"李文军平静地说。

车雪晴听到这话，心里一阵刺痛。过了好一会儿，她才说："文军，你跟薛明艳真的结婚了？"

李文军迟疑了一下，转头看向车雪晴。李文军不想骗她，咬着嘴唇犹豫了一下，说："还没有。不过我们已经打算结婚了。"

"是吗？"车雪晴眼神黯淡了下来，"等你结婚时，一定通知我。"

"好。"

第六节　障眼法

李文军对贾似飞的状况虽然已经调查得差不多了，但还是有些不放心，借着修灯具的机会，他来到贾似飞的办公室。

李文军进到贾似飞办公室的时候，贾似飞刚从药品研发中心回来，正在椅子上闭目养神。

李文军一边安装着灯具，一边趁机和贾似飞闲聊。

"贾先生，你知道吗？您可是我家的大恩人啊！"

贾似飞听到这话，忽然来了精神。他睁开了眼睛，坐正了身子，看着李文军："这位师傅，你这话是什么意思？你我素不相识，什么时候成你家的恩人了？"

"您之前不是研发了一款缓解心脏病的药品吗？我妈自从吃了您研发的药，病情得到缓解。您可就是我家的恩人嘛。"

"你是怎么知道药是我研发的？"贾似飞好奇地问。

李文军用脏兮兮的手挠了挠头，说："其实我来你们公司好多次了，听到周围的人都在说你。他们说您是个了不起的生物医药工程师。您在药品研究领域，绝对是这个。"李文军竖起了大拇指。

贾似飞听到这话，心情顿时大好，对李文军的态度好了很多："师傅，你知道的还挺多啊！不过，我也没他们说得那么玄乎，生物医药可不是那么简单的。"

李文军连忙恭维说："贾先生，您就别谦虚了，您现在可是公司里的最重要的人。我听说您现在正在研发抗癌的药品，等到药品研发成功，您可就不光是我一个人的恩人了。"

贾似飞故作谦虚地说："哪里哪里。我做的不过是分内的事而已。"

李文军趁机说："贾先生，我知道研发药品肯定很累，但你也要注意身体啊！我之前看到你半夜还来公司，这样工作下去，身体会累垮的。"

贾似飞听到这话，心里有些惊异。心想，这个维修工怎么知道自己半夜来公司的？遂忙掩饰道："我接到公司领导的电话，来公司有点儿事。"

"半夜三更还打电话让人来工作，这帮领导真是不近人情。"

贾似飞的脸色有些不悦，搪塞道："你赶紧修理你的灯具吧，话那么多干什么！"

看着贾似飞慌乱的神色，李文军知道，这里面肯定有问题。突然，他有了一个大胆的猜测。

"贾先生，我昨天看到您和您女朋友了。您女朋友长得可真漂亮，您可真有福气！"

贾似飞惊讶地看着李文军："我说你怎么什么都知道啊！"

李文军假装憨厚地笑着说："我这不是一天待着没事吗？又不像您那么忙，连和女朋友约会的时间都没有。"

贾似飞听到这话，愤慨地说："谁说不是呢！昨天好不容易下班早，我想着和女朋友一起吃个饭，结果没想到中途有人打电话，说是药品研发的问题。结果我去了以后，什么人都没见到。还有之前几次也是，把我骗到公司，然后人影都没有。真是气死我了！"

李文军看着贾似飞生气的模样，知道他这绝不是装出来的。

看来，事情另有玄机啊！

"贾先生，要说这种事情，谁都遇到过。打电话过来说是家里人被绑架了，让人寄钱过去。不过您这个还真是有些奇怪，不图钱不图利的，这人老给您打电话干啥？"

贾似飞叹口气，说："是啊，我也纳闷呢。"

李文军想了一下，说："贾先生，方便给我看一下他的电话号码吗？我认识一个黑客朋友，说不定可以帮您找到什么线索。"

贾似飞闻言，立刻将手机递给了李文军。

李文军翻到那个号码，打了过去，手机提示对方已关机。

李文军将手机还给贾似飞，说："贾先生，那个人一直用这个号码给您打电话吗？"

"不，每次都换一个。"贾似飞说道。

"那您还记得之前的号码吗？"

贾似飞拉开抽屉，拿出一张纸条递给了李文军："喏，所有的号码都在上面了。本来，我是想报警的，可是他也没做什么伤害我的事，只怕警察也帮不了我。"

李文军连忙说："贾先生，你放心吧。这事情包在我身上，我一定会尽快帮您解决的。"

"要是真能解决，那我一定要好好谢谢你。"贾似飞闻言，激动地抓着李文军的手。

李文军从静海医药公司出来，正好碰见值班的大彪。

大彪主动迎上来和李文军打招呼，问他今天有没有遇上什么状况。

李文军看着热情的大彪，笑着说："今天没事。我也想明白了，为了生活，什么苦都得吃。"

"对对，想开就好。兄弟，等会儿我下班，咱们喝一杯？"

李文军撒了个谎，说还有别的事情要忙，就走了。

回到公司后，李文军将贾似飞给他的手机号码给了陈明，让他调查清楚手机号码的归属地。然后迅速召集薛明艳他们开会。他将情况说了一遍，然后寻问众人有什么看法。

薛明艳想了一下，说"文军，这会不会是贾似飞给你放的烟雾弹？好扰乱你的想法。"

李文军点点头，说："你说得也有道理。但是，直觉告诉我，贾似飞没有说谎。也许，真的是我们的调查方向出了问题。"

"直觉，又是你的直觉。文军，咱们是要讲证据的。我发现你有时候太感情用事了。"薛明艳的语气有些激动。

"我怎么感情用事了？艳艳，我今天没惹你吧。"

"你还知道你最近一直在惹我！"

"我们现在是在工作，私人感情不要带入工作中。"李文军不想和薛明艳吵架。

"你这话是在说你自己吧！"

"我怎么带入私人感情了？"

"你单凭贾似飞的一句话，就要我们改变调查方向。我们之前所做的努力，难道都白费了吗？"

"如果是错的，自然是要改变，这和付出多大的努力没关系。"李文军据理力争道。

"你简直不可理喻！"薛明艳忍无可忍地说

"我看你才不可理喻！"李文军也毫不退让。

刘杰三人看着他们吵架，互相看了一眼，忍不住叹了口气。

宋佳佳摇摇头，说："得了，让他们吵吧。反正，我们都习惯了。"

刘杰喝了口水，说："你们说这也够怪的。他们俩天天这么水火不容的，居然还能在一起。这要是我，早就找根绳子上吊了。"

"刘杰，你说什么？"薛明艳狠狠地瞪着刘杰，厉声道。

刘杰吐了吐舌头，干笑一声："我啥也没说。"

"好了，你们别吵了。李总，手机号我已经调查过了，这是未实名登记过的手机号，没什么有效信息。"

李文军露出了得意的微笑，他一手摸着鼻梁，一手插进裤袋，走到薛明艳身边，说："艳艳，如果贾似飞真的是在放烟幕弹，他就会给我们几个有效的手机号，这样才能转移我们的注意力。所以，眼下，我们真的要改变调查方向了。否则只会在无用的事情上浪费时间。"

薛明艳不服气地捏着拳头，狠狠在桌子上捶了一下，说："这个马友天，真是太狡猾了，我们竟然被他牵着鼻子这么久。"

李文军倒是平静地说："算了，幸亏我们及时发现问题。但这段时间对贾似飞的调查也不是毫无收获，既然马友天利用贾似飞转移我们的注意力，那他一定会派人跟在贾似飞身边。也就是说，我们可以调查一下贾似飞身边的人。我觉得贾似飞的女朋友和前妻我们可以跟进一下，说不定有些意外的收获。刘杰你先查一下贾似飞的前妻吧。"

"好的，李总，明天给你结果。"

次日中午,刘杰来找李文军,向他报告调查结果。

贾似飞的前妻名叫齐云芳,自从和贾似飞离婚后,就在一个高档小区里买了一套房子。她基本上白天很少出门,只有晚上偶尔出来。重要的是,她也经常去宏达会所。最近一次去,是前天晚上。

听到这里,李文军迅速想到贾似飞也是前天被人骗去宏达会所的。于是,他让宋佳佳调查一下齐云芳的财务状况。发现她的消费很高,所购商品的费用远远超过现在的收入。

薛明艳听到这些消息,说:"文军,现在的问题越来越复杂了。齐云芳确实有可能是商业间谍,但是她的信息源在哪里?目前最有可能的人是贾似飞。可是,你的直觉是贾似飞不是泄密的人。那你说,是谁泄的密?"

刘杰说:"这还不简单啊,肯定是贾似飞说谎了。他和齐云芳是一伙儿的。估计是感觉到自己有危险了,就将所有的事都推到他前妻的头上。"

李文军摇摇头,说:"不对,如果真想摆脱自己身上的嫌疑,又怎么会推到齐云芳这个和他有千丝万缕关系的人身上,这不是反而加重了自己的嫌疑吗?"

"这……"刘杰顿时张口结舌,没话说了。

"不管如何,我们要去会会齐云芳,看看她究竟是什么样的人。"薛明艳说道。

李文军微微颔首,说:"这倒是。这样吧,今天下午,我和艳艳就去走访一次。"

下午五点多,李文军和薛明艳装扮成一对看房子的夫妻。来到齐云芳所在的小区。刚进小区门,他们就看见齐云芳从单元门走出来。她走到一个快递员身边,签收了一个快递。李文军下意识看了一眼快递员,心里顿时一惊。那个快递员分明是大彪!

李文军立刻给文静发信息，让她去值班室看一眼。几分钟后，文静回消息说大彪在值班室。

对于这样的结果，李文军心里充满了疑惑。如果大彪在上班，那快递员是谁？难不成是自己眼拙，看走眼了吗？

李文军正想着，薛明艳忽然拉了一下他，指着齐云芳叫道："文军，你快点儿看，那是什么？"

李文军看到齐云芳手里赫然拿着一个首饰盒，就是之前贾似飞手里拿着的首饰盒。他不由得睁大了眼睛，心里的疑问更多了。

薛明艳眼睛里闪烁着光芒，兴奋地说："文军，看来我们今天有大收获了。"

"不，艳艳。我觉得，齐云芳恐怕对这个首饰盒一无所知。你看看她看首饰盒的样子，分明一脸茫然和好奇。"

薛明艳仔细一看，的确如此。齐云芳拿着首饰盒翻来覆去地查看，一脸茫然的样子，显然不知道首饰盒的用处。

李文军接着说："如果这个首饰盒是用来传递商业信息的，你觉得这么重要的东西，她会在这公众场合打开吗？换作是你，你会这么做吗？"

"你说得很有道理。可是，这到底是怎么回事啊？"薛明艳此时的脑袋已经大了。

李文军想了一下，随即拉着薛明艳走了过去："你好，请问你是齐云芳女士吧。听说你有房子要卖，我们是来看房的。"

齐云芳一脸迷茫地看着李文军和薛明艳，有些生气地说："胡说什么呢，谁说我要卖房子了？"

李文军假装疑惑地说："这是怎么回事？昨天不是你给我打电话，说要卖房子，让我今天过来看房的吗？"

"神经病，谁给你打电话了？"齐云芳惊讶地看着李文军。

李文军转头看了一眼薛明艳，生气地责怪道："你看看你，就知道贪图便宜，人家随便给你一些好处，你就交了中介费。现在被骗了吧！"

薛明艳做出委屈的样子："对不起啊，我也没想到会是这样。"

李文军故意大声地说："我告诉你多少次了，就是记不住。不要相信陌生人打来的电话，你知道他是好人还是坏人？今天只是被骗了点儿钱，哪天要是把你拐走了，看你怎么办？那些人可都是应该进监狱的人，什么事都干得出来！"

齐云芳听到这话，脸上露出担忧的神色："这位先生，你们也经常接到陌生电话吗？"

李文军心里一喜，反问道："齐女士，听你的意思，好像也遭遇了这种状况？"

"啊，这……"齐云芳闻言，面露难色，不敢多说。

薛明艳见状，赶紧说："齐女士，你如果遇上了这种事情，可得想清楚了。这天底下没有免费的午餐。我这次就是一个教训。"

"我……"

李文军看出齐云芳有些犹豫，于是假装生气地对薛明艳说："行了，就你还管别人，管好你自己得了！"

薛明艳自然明白李文军的意思。于是装作不服气地说："我就随口问问，万一能帮上忙呢！你这人怎么这么没有同情心啊！"

李文军瞪着薛明艳说："这是人家的私事，人家凭什么要告诉你啊？"

齐云芳眼看着李文军和薛明艳就要吵起来了，赶紧说道："你们别吵啊！其实我这也不是什么私事，而且，我也确实想找个人聊聊。"

薛明艳赶紧说："那你和我说说吧，说不定我还能帮你呢！"

齐云芳闻言，开始娓娓道来。

两年前，齐云芳和贾似飞离婚后。由于她花钱大手大脚，很快钱就不够了。而这时，她接到一个陌生电话，说只要她做一些简单的事，就可以获得丰厚的回报。所谓简单的事就是让她去宏达会所。也不是每天都要去，就是隔三岔五去一趟。她觉得这也没什么大不了的，所以就答应了下来。

李文军问道："齐女士，你这么说是想结束这样的情形？"

齐云芳点点头，说："当然了，我每次去宏达会所都心惊胆战的，实在不想再去了！"

李文军想了一下，说："齐女士，如果下次还有人再打电话过来，你就说有警察来找你了。我相信他一定不会来骚扰你了。"

"是啊，我怎么没想到呢！"齐云芳欣喜地说。

李文军低头看了一眼齐云芳手里的首饰盒，然后装作如无其事地说："齐女士，这么漂亮的首饰是男朋友送的吧？"

齐云芳摇摇头，说："不是啊。我还正奇怪呢，谁这么无聊寄给我一个空的首饰盒？"

薛明艳趁机说："这么精致的首饰盒怎么会是空的呢？"

李文军立即对薛明艳说："我看你是老毛病又犯了。看到漂亮的盒子就想要。"说完，他又对齐云芳说："你别介意，我老婆有收藏盒子的爱好。"

齐云芳笑了一下，说："爱美之心，人皆有之。再说了，就是一个盒子，妹妹要是喜欢，就送给你了。"

薛明艳立马高兴地说："真的吗？那就谢谢姐姐了。"

第七节　泄密者

回去的路上，李文军一直沉默不语。说句实话，他也被眼下的情况给弄糊涂了。

李文军托着下巴，郁闷地说："艳艳，我发现我一直都在被人牵着鼻子走。"

"谁？"

李文军迅速在脑海中过滤最近接触的人，然后得出一个可怕的结果。

"我觉得可能是大彪。"

"他？"薛明艳有些不敢相信地说。

李文军点点头，说："这个人不简单。现在想想，我和他所有的交流，都是他主动发起的，包括第一次见面的搭讪。他假装向我透露贾似飞的信息，然后一步步把我带入他的圈套中。"

薛明艳闻言，诧异地说："如果按照你的猜想，那马友天岂不是已经知道你在调查他了。"

李文军脸色凝重地说："是啊。或许从我接手项目的那一刻，他就什么都知道了。我们还是低估他了。"

薛明艳双臂抱在胸前，疑惑地说："可是，刚才你不是已经确认过了吗？大彪不是给齐云芳送快递的人啊。"

"是啊，这正是我百思不解的地方。"李文军下意识地摸着鼻梁，紧紧皱着眉头，"究竟是哪里出了问题？"

"也许，是咱们的调查方向出了问题呢。也许大彪也是马友天摆出来的迷魂阵，故意扰乱你的调查呢？"

李文军摇摇头，说："不好说，谁知道马友天摆了多少个迷魂阵啊？"

看到李文军愁眉不展的模样，薛明艳心里有些不是滋味，安慰道："放心吧，文军，咱们一定可以找到马友天的证据，将他绳之以法的。"

李文军转头，看见薛明艳一脸笑容的模样，心里涌起一阵暖流。

因为在齐云芳身上没有调查出什么结果，而大彪又有不在场的证明。

李文军的工作陷入了一个死胡同。

一连几天，李文军把自己困在办公室里，苦思着对策。其实尽管大彪有不在场证明，可李文军心里还是怀疑他。

这天傍晚，李文军重新伪装自己，悄悄来到静海医药公司门口。

李文军躲在角落，远远地看着大彪。

大彪似乎快下班了，他四处看了一眼，然后掏出一片口香糖塞进了嘴里，偷偷地吃了起来。

这一幕，让李文军对大彪的嫌疑减轻了很多。

十分钟后，大彪下班了。他咀嚼着口香糖，手插进裤袋，骑着一辆电瓶车往家走。

李文军跟在大彪身后，发现他并无奇怪的举动。正打算放弃跟踪的时候，李文军看到大彪走到垃圾桶旁边，然后警惕地看了看四周，确定没人后，从嘴里吐出口香糖，扔进了垃圾桶里。随后，手在垃圾桶里面翻弄了几下，这才放心离开。

这一幕，勾起了李文军的兴趣。他的眼睛犹如老鹰发现了猎物一般，瞬间变得无比光亮。

确定大彪走远后，李文军在垃圾桶里摸索了半天，总算找到了被扔掉的口香糖。他打开包裹在外面的纸，发现里面居然有一张手机卡。他立刻赶回公司，让陈明调查这张手机卡。

很快，就有了结果。大彪扔掉的手机卡居然是前段时间给贾似飞打电话的号码。李文军没想到，大彪居然是这么谨慎的人。过了这么久，才来处理这张卡。不过，也幸好他处理得晚，否则李文军也不可能捡到这张手机卡。

李文军迅速召集了所有人，包括文静。一起讨论如何调查大彪，大家很快就制定了一套方案。刘杰负责跟踪大彪，陈明负责排查大彪的生活背景,宋佳佳负责调查大彪的财务状况。李文军还让文静去查阅静海医药公司的保安值班表。

薛明艳问道:"文军,那我呢?"

李文军笑笑说:"艳艳,你现在可是老板娘了,这些活儿,自然不需要你来干。"

"去你的吧,少说风凉话。赶紧的,我做什么。他们一个个忙着,我闲得发慌。"薛明艳不满地说道。

李文军转头看了看文静,说:"文静,你知道我和艳艳去找齐云芳那天,静海医药公司的保安室是谁在值班吗?"

文静皱眉说:"李总,那天你不是问过我吗?是大彪啊!"

李文军摇摇头,说:"你去查一下他那天值班是不是值班表安排的。"

薛明艳立刻明白了李文军的意思:"你的意思是他故意选在那天值班,为的是洗清自己的嫌疑?"

李文军点点头:"很有可能。"

"我知道了,李总,我这就打电话问一下。"五分钟后,文静挂下电话,说,"李总,你果然没猜错。那天原本应该值班的是一个叫向林的保安。可奇怪的是向林那天确实在值班表上签字了。但为什么我那天去值班室的时候,却看见大彪在值班?"

李文军问:"向林今天值班吗?"

"他今天休息,应该在家。"

"很好,我们现在就去找向林要答案。"

此时的向林正在家里边吃着泡面,边看着电影。突然听见敲门声,他打开门,看见文静带着一男一女站在门口。一男一女自然是李文军和薛明艳,但向林并不认识他们。

"文静小姐，你们这是……"

文静解释道："是这样的，向林。咱们公司财务部前阵子丢失了一些物品。车总派人来调查。"

向林看了看三人，有些不安地说："文静小姐，我可是什么都没做。"

这时，李文军说："小兄弟，你别紧张，我们没有怀疑你。只不过我看了公司那几天的保安室值班表，那几天都是你值班。所以，我们有一些问题想向你咨询一下。"

"这样啊，那你们进来吧。"向林听到这里，赶紧引着他们进屋。

四人坐下后，李文军拿出本子和笔询问道："向林，九月十号和十一号，这两天晚上是你值班吧？"

向林点点头，说："是我值班。可是我……"

"你不用多说，只管回答我们的问题就是了。"薛明艳打断了向林的话，"请问在你值班的时候，有没有发生，或者遇上什么事情？"

"没有啊，什么事都没发生。不信的话，你们可以去调监控。"向林紧张地说。

李文军盯着向林，眉头微微皱了一下。他注意到向林的双手攥成拳，眼神慌乱，牙齿时不时地咬着嘴唇。

"向林，你是不是隐瞒了什么？我希望你能老实交代，否则，如果我们调查出来，你就说不清了。"

向林摸着后脑勺，想了半天，说："我想起来了。大彪那天带着一瓶酒来找，我们一起喝了点儿酒。"

薛明艳忙问道："那酒你还有剩的吗？"

"有，我拿给你们。"很快，向林从床底翻出了一瓶白酒来。

薛明艳收了酒，然后和李文军对视一眼，露出了一抹笑意。

李文军接着问："你和大彪平时经常喝酒吗？"

向林赶紧说:"不是。我平时不喝酒的。但大彪倒是个酒鬼,经常约着我们去喝酒。"

"你们?"李文军反问道。

"就是值班室的几个保安。平时无事的时候就喜欢喝点儿。"

李文军点点头,心里有了答案。

文静三人走的时候,文静再三叮嘱向林,今天的事情千万别说出去。

离开向林家后,薛明艳看着手里的酒,问李文军:"文军,你说这酒里会不会有安眠成分的药?"

李文军摇摇头,说:"这瓶酒如果有问题,大彪怎么会让向林拿回家?"

薛明艳想了一下,泄气地说:"看来又白忙一场。"

李文军笑着说:"这瓶酒没问题,不代表其他酒没问题。"

薛明艳抬头疑惑地看着李文军。

李文军解释说:"你刚才没听见向林说,大彪经常和他们这些保安喝酒。如果他在那些酒中放些药,然后在趁他们睡着的时候溜进公司,岂不是神不知鬼不觉。"

文静听后,露出崇拜的表情,说:"李总,你真是太厉害了!"

李文军并没有因为文静的话感到高兴,反而更加疑惑地说:"但是大彪为什么要在九月十号那天出现在值班室呢?难道他已经知道我们在调查他,所以在故布疑阵?"

一时间,三人都没有说话,陷入了思考中。

之后的几天,他们的调查工作再次遇到了瓶颈。根据刘杰对大彪的跟踪调查,他没有任何异常。而陈明和宋佳佳的调查同样如此,他一直从事保安行业,履历非常单一。他的消费水平也没有大的浮动,和他的工资基本吻合。

李文军知道大彪表现得越是没有问题,那么他的问题就越大。李文军决定和大彪正面接触一下。

李文军特意选在下班时间,来到大彪下班的必经之路等他。

不一会儿,大彪骑着一辆电瓶车过来了。不过,眼前的大彪脸色看起来不太好,骑车的姿势也文质彬彬的,和之前大大咧咧的形象完全不一样。

李文军从另一个路口绕过来,假装和大彪偶然遇见。

"啊,彪哥,真是好巧啊!没想到会在这里碰见你。"

大彪看到李文军,露出意外的表情:"是好巧啊。"

李文军一边注意着大彪的神情,一边问道:"彪哥,你这是刚下班吗?"

"对啊,我正要回家。"大彪随口答道。

李文军应了一声,然后掏出了一根香烟,递给了大彪:"来,彪哥,抽一根。"

大彪想都没想,下意识地说道:"哦,对不起,我不抽烟。"

大彪这句话,让李文军心里无比震惊。在他的印象中,大彪可是个老烟鬼,至少有十年以上的烟龄。

"彪哥,你开什么玩笑呢?平常你可是烟不离嘴啊。你说你不抽烟,谁相信啊。"李文军故意开玩笑地说道。

大彪听到这里,脸上掠过一抹不自然的神色。他干笑了一声,说:"兄弟,我这不是跟你开玩笑的嘛。"话说着,他从李文军手里接过烟。

李文军看大彪在身上摸索着,分明是在找打火机。

李文军心里暗笑了一下,嘴上说:"来,彪哥,我来给你点上。"

李文军给大彪点上烟后,大彪抽了一口。不过,从他抽烟的动作上看,他绝不是个经常抽烟的人。

李文军想了一下,说:"彪哥,我正好没事,你上次不是说要约我一起喝酒吗?正好,现在我们去吧。"

大彪听到这里,连忙说:"今天就算了吧。我……我还有事情呢。"

李文军闻言，遗憾地说："那好吧。"

"兄弟，那我先走了。"大彪说完，骑着车子匆匆地离开了。

看着大彪的背影，李文军脸上露意味深长的笑意。现在，他终于确认了自己之前的猜测。

回公司之后，李文军向大家讲述了今天见到大彪的情景。

薛明艳听完，问道："文军，你是不是想告诉我们，今天的大彪不是大彪，而是另外一个人。"

"对。"李文军看了一眼薛明艳，说道。

"如果按照你这么说，那今天的大彪很可能是经过化装易容的，就像是当初的胡岚一样。"宋佳佳插话道。

李文军摇摇头，说："不。我今天仔细观察他的脸，看不出任何化装的痕迹。我倒是有另一个大胆的猜测。"

刘杰知道了李文军的意思，接话道："李总，你该不会想说，这个人和大彪是双胞胎吧。"

李文军微笑着看了看刘杰，说："刘杰，你变聪明了啊，一点就透。"

"若真是这样，那这个大彪可太聪明了。"薛明艳突然有种无力感。

李文军点点头，说："确切地说，应该是他幕后的指使者太聪明了。"

刘杰显然不像薛明艳那样悲观，而是兴奋地说："我们先不管那些，至少现在我们确认了一件非常重要的事情。这个大彪就是泄密的人。他利用贾似飞给自己做掩护，盗取了静海医药公司的商业信息，然后再将消息传给其他人。"

李文军冲刘杰投来一个赞许的眼神，说："刘杰，你分析得很有道理。"

薛明艳站了起来，双臂抱在胸前，扫了一眼李文军，说："文军，你们说得都挺好。但我们现在并没有证据证明你们说的是对的。"

李文军叹口气，说："我想好了，我要对大彪进行全天跟踪。我就不相信了,还找不到他们兄弟俩见面的情景吗?"

刘杰激动地说:"李总,这件事交给我吧。"

李文军摇摇头,说:"刘杰,你这跟踪技术还是算了吧。万一没查出什么,反倒打草惊蛇就完了。"

"这个……"刘杰不好意思地笑了一下。

薛明艳看了李文军一眼,说:"刘杰已经进步很快了。你以为所有人都跟你一样,是个心理学专家。"

李文军闻言,连忙说:"是是,你说得有道理。这次,我们五个人就分成三组,轮流跟踪大彪。我和艳艳一组,负责大彪上下班这段时间;文静你白天要在公司盯紧大彪;剩下的三个人负责守在大彪家附近。"

第八节　原形毕露

一连三四天过去了,对于大彪的调查毫无任何进展。就在李文军以为大彪已经知道了他的计划的时候,大彪终于有了动作。

这天晚上九点多,李文军和薛明艳跟踪大彪在外面吃了饭,然后一路尾随着他朝一个昏暗的巷子走了去。

薛明艳此时无比兴奋,她拉了拉李文军的手,说:"文军,大彪终于挺不住了,看来,他的狐狸尾巴要露出来了。"

李文军语气平静地说:"别着急,我们先看看情况再说。"两个人跟着大彪,在暗巷里走了十分钟左右,见大彪忽然一转弯,进了一栋楼。这栋楼明显有些年头了,楼梯扶手上都是灰,一看就是鲜有人来。

薛明艳眼见大彪上了楼,立刻就要跟上去。

李文军赶紧拉着她,说:"别动,我们这么贸然上去,万一被发现就完了。"

薛明艳担忧地说:"可是,万一他……"

"没什么万一的。"李文军坚决地说,"他如果是进去交换信息,就算我们看见了,也不能怎么办。如果是和人换身份,那也不会待太久。等他出来,我们看看他的状况,再做决定。"

薛明艳虽然着急,可也觉得李文军说得有道理。

不过,李文军两人在楼下等了半个多小时,仍然不见大彪出来。

李文军的脸色变得越来越难看,直觉告诉他,大彪已经不在楼上了。

想到这里,李文军暗叫不妙,立刻朝楼上跑去。

李文军冲到楼上,发现里面开了一家针灸理疗店。

李文军敲了敲门,里面走出来一个四十多岁的女人。

"先生,你要针灸吗?"

李文军赶紧解释道:"对不起,我是来找人的。"

"找人啊,那对不起,我们这里没你要找的人。"女人闻言,脸色立马就变了。

薛明艳掏出一百块钱塞给女人:"你能配合一下我们吗?"

女人接了钱,顿时喜笑颜开:"你们要找什么人啊?"

李文军掏出手机,翻出大彪的照片给女人看:"请问,你见过这个人吗?"

女人皱着眉,看了几眼,说:"见过啊,刚才他来我们这里了。"

李文军闻言,忙问道:"那他现在在哪里?"

"已经走了。"

"走了?什么时候走的?"薛明艳赶紧问道。

女人想了一下,说:"他进来转了一圈,就出去了。"

"奇怪，我们一直守在门口，为什么没见到他呢？"薛明艳皱了一下眉，困惑地说道。

李文军接着问："请问，你们这里是不是还有别的出口？"

"有啊。那边还有个侧门，是个安全出口。"女人指了指走廊的一侧，说道。李文军听到这里，忽然叹了口气，和女人道了一声谢，随即和薛明艳走了出来。

"这个大彪，居然将我们给耍了。"回去的路上，薛明艳气呼呼地叫道。李文军表情凝重地说："你通知刘杰他们，今晚不需要再守着大彪了。"

"为什么？"薛明艳诧异地看着李文军。

李文军解释说："今天的事情，已经再明显不过了。我们跟踪大彪的事，已经被他发现了。我们再跟踪下去，也没有了意义。"

"那怎么办？"薛明艳担忧地问道。

李文军摇了摇头，有些茫然地说："我也不知道该怎么办了。算了，我们先回去吧。"

回到公司后，刘杰他们也都回来了。连续几天的奋战，大家都累得筋疲力尽。最重要的是，还没有查出结果。此时，大家围坐在一起，一个个低着头，一副垂头丧气的样子。

李文军见状，站了起来，清了清嗓子，说："大家都提提神。遇上点儿小挫折，就灰心了吗？那以后还怎么和这些人斗！"

陈明揉了揉布满血丝的眼睛，说："李总，咱们现在半途而废，岂不是太……"

李文军看了刘杰一眼，故作神秘地说："谁告诉你咱们要半途而废了。我已经想好对策了。过两天等我计划好了，会给大家布置任务的。"

"李总，放心，我们一定整装待命！"宋佳佳大声地说道。

刘杰这时也松了一口气，咧嘴笑道："李总，你早这么说，我们大家刚才也不用那么无精打采了。"

李文军笑了一声,没多说什么。

散会后,薛明艳走到李文军身边,问道:"文军,你老实说,你是不是为了不让大家垂头丧气,故意那么说的。其实,你根本就没想好对策。"

"艳艳,让你看出来了。哎,我也是没办法。"李文军摇摇头,颇为无奈地说。

"文军,我相信你。你一定可以想到办法揭穿大彪的。"薛明艳轻轻拍了拍李文军的肩膀。

薛明艳的话让李文军的心里感到一丝温暖。他感激地看着薛明艳,轻轻地握着她的手:"艳艳,谢谢你。如果我身边没有你,真不知道如何坚持到现在!"

"傻瓜,说什么傻话呢!我们俩还用这么见外吗?"薛明艳娇嗔地说。

李文军伸出手将薛明艳搂入了怀中……

次日一早,刘杰他们刚来公司不久,忽然,就听到有人大呼小叫。

很快,就见李文军兴奋地从办公室跑出来:"太好了,我终于想到了对策!"

薛明艳看着李文军的样子,知道这一次他是真的想出来了:"文军,你快点儿说说看。"

李文军笑着说:"刚才雪晴给我打电话,说他们公司抗癌药的研究工作取得了突破性进展。现在是关键时刻,随时都有泄密的危险。"

"你打算怎么办呢?"薛明艳好奇地问。

李文军嘴角微微翘起,说:"暂时保密。不过,你们就等我的好消息吧。"说完转身离去。

看着李文军转身离开的背影,众人面面相觑。

刘杰看着薛明艳，说："薛总，李总该不会是受刺激了吧？"

薛明艳瞪了刘杰一眼，说："他不是受刺激，他是神经病犯了。"

李文军约了车雪晴见面，详细地说了自己的对策。

几天后，静海医药公司对外宣布，他们公司在一款抗癌药的研究上，取得了重大的突破。与此同时，为抗癌药研发做出重要贡献的贾似飞被停职。两个消息一出，顿时引发公司上下广泛的关注。大家都在猜测贾似飞就是泄露公司商业信息的人。

两天后，晚上十点，静海医药公司像是平常一样。照例有保安巡逻。大约十点半的时候，巡逻的保安渐渐在值班室睡着了。十分钟后，一个黑影溜进了静海医药公司的大楼，并迅速走到药品研发部。他娴熟地打开办公室的门，然后走到一台电脑前，迅速打开电脑，输入密码，打开了电脑里的文件夹。随后，他将随身携带的U盘插进了电脑，开始复制文件。当他复制完文件准备离开的时候，忽然，整个药品研发部的灯亮了起来。

药品研发部的办公室里忽然多了几个人。那人看情况不对，掉头就朝门口跑去。还没跑多远，就看到几个警察出现在他面前。

李文军走了过来，上前将那人的口罩摘了下来："彪哥，大热天的，你还戴口罩！"

"果然是你！"大彪听到李文军的声音，并没有特别惊讶。

李文军笑道："彪哥，真不好意思。你要了我那么多次，现在，我总算扳回一局了。"

"哼，你也别太得意。"大彪狠狠地瞪着李文军，不屑地说。

李文军微微扯了一下嘴角："我为什么不得意呢？忘了告诉你，你那个在家里伪装你不在场的兄弟，也被我们抓了。"

"什么？"大彪闻言，顿时就慌了，脸色变得惨白，"你们不要动他。

这……这都是我做的,一切都是我的错。"

"行了,他到底有没有错,就看法官怎么判了。"顿了一下,李文军缓缓地说,"大彪,你能告诉我,你幕后的那个人到底是谁吗?"

大彪"哼"了一声,说:"李文军,你既然这么聪明,还来问我干吗?"

李文军笑了一声,说:"你说得没错,但光靠我说的,定不了罪啊。"

"如果我说这都是我一个人干的,你能怎么样呢?"说完,大彪嚣张地大笑起来。

"你这个混蛋,你害得我们公司蒙受了多大的损失,你知不知道?"车雪晴情绪激动地走上前。

贾似飞赶紧拦住车雪晴,说:"车总,你别激动。法律会替我们主持公道的。"

看着大彪被警察带走,车雪晴的心总算是安定了一些。她走到李文军身边,紧紧地抓着他的手,感激地说:"文军,这次真是多亏你了。要不是你的话,恐怕我们公司不仅会蒙受损失,还有可能冤枉贾工。"

不过,李文军却高兴不起来。他看了看车雪晴,说:"雪晴,现在还不是掉以轻心的时候。马友天还没落网呢。我担心,他会有后招。"

车雪晴冲李文军一笑,说:"文军,有你在,我相信一定没有问题的。你也累了这么多天了,为表感激,我请你喝杯咖啡吧。"

"这……"李文军其实不想去,他更想回到公司,和薛明艳他们一起好好庆祝一下。

"文军,我只是单纯地想感谢你。"车雪晴看出了李文军的心思,进一步说道。

李文军犹豫了一下,说:"那好吧。"

从静海医药公司出来后,李文军忽然感觉周围的空气清新了不少。

二人在公司附近找了一家咖啡馆,进去后,随便找了个座位坐了下来。

车雪晴点了两杯咖啡和几盘点心。李文军则是一副心不在焉的样子，时不时掏出手机看看。

车雪晴看着李文军，心里非常不舒服。她皱着眉，说："文军，咱俩出来喝杯咖啡，你能不能专心一点。难道，连你我最基本的交流都让你如此难受吗？"

说到这里，车雪晴的神色中多了几分忧伤，心头更是有一种说不出来的酸涩。

李文军愣了一下，说："雪晴，我……"

"文军，我知道你想说什么。行了，你别说了。"车雪晴神色黯然。她不停地搅动着咖啡，有些怅然地说，"其实，我约你来喝咖啡，只是想和你好好聊聊。这次重逢，我们一直都在谈公事。现在事情终于告一段落，我想知道你这几年过得好吗？"

"挺好的。雪晴，过去的事就让它过去吧，我们都要向前看。我……"李文军的话还没说完，忽然收到了一条短信。他拿出手机，打开一看，顿时愣住了。好半天，一句话都没说。

车雪晴见状，有些不满地说："文军，是不是薛小姐给你发信息，让你回去了？"

李文军抬头看了看车雪晴，说："不是，是马友天。"

"什么？马友天，他说什么了？"听到是马友天，车雪晴的心忽然提了上来。

李文军将手机递给车雪晴。只见上面写着："李文军，你别太得意！当年你斗不过我，如今你还斗不过我。你信不信，用不了几天，我一定会拿到那款抗癌药的数据。"

看完短信，车雪晴气不打一处来。她狠狠地拍了一下桌子，咬着牙说道："这个浑蛋这么嚣张，实在是太过分了！"

李文军脸色变得非常凝重，安慰车雪晴说："雪晴，现在不是意气用事的时候。这两天你一定要加大对药品研发部的保护。另外，我也会加大调查力度，一定要将马友天的犯罪证据找到。"

车雪晴心里一阵烦躁，她搅动着咖啡，惊慌地说："文军，后天我要拿抗癌药的样品去参加一个重要的研讨会议，我担心……"

李文军的眉皱在一起，想了一下，说："雪晴，参加研讨会的人，你确定他们不会泄密吧？"

车雪晴摇摇头，连忙说："参加研讨会的都是医药领域的专家学者，他们应该不会泄密。"

李文军不放心地说："还是要加大对他们的监察力度。马友天既然说要盗取抗癌药数据，那现在开始，我们就不能放过任何环节，明白吗？"

"嗯。"车雪晴连忙点头。

李文军也没心思喝咖啡了，于是说："雪晴，我们走吧，赶紧回去做相关的准备工作。"

尽管不愿离开，可是事关静海医药公司，车雪晴还是和李文军一起离开了咖啡馆。

第九节　　局中局

李文军回到公司后，见薛明艳他们还没下班，坐在位置上等着他。

薛明艳看见李文军，话里有话地说："李总，你这是去什么地方风花雪月了？这么久才回来。"

李文军淡淡地说："你想哪里去了，我现在哪有那个心思。"

"谁相信呢。你就算没有,可是人家车总有啊。这俗话说,'男追女,隔座山。女追男,隔层纱。'"薛明艳酸溜溜地说道。

宋佳佳在一边偷笑着说:"得得得,看来薛总是吃醋了。"

"薛总,李总不是那种人。"这时,文静替李文军说道。

"哟,文静,你对李总还挺了解的啊!"薛明艳转头看了看文静,略带着几分讽刺地说道。文静瞬间脸就红了,连忙摇头。

"我说艳艳,你还有完没完了。"李文军看不下去了,不满地说。

"没完了。你能拿我怎样?"薛明艳站了起来,摆出一副强势的姿态来。李文军叹口气,说:"我今天没工夫和你吵架。你看看,这是什么?"说着,他将马友天发的短信给大家看。

众人看到短信,顿时都不说话了。

薛明艳小声地说:"你回来得这么晚,是为了调查这个?"

李文军担心薛明艳知道自己和车雪晴喝咖啡的事,又会没完没了,所以顺势说:"不然呢?好了,大家赶紧过来商量一下该怎么办吧!"

从第二天一早,明创信息咨询服务公司的几个人以各种身份潜入了静海医药公司,仔细观察每一个进出药品研发部的人员。

按照刘杰的说法,如今的药品研发部,别说人了,就算是一只苍蝇,都难进去。

距离车雪晴参加研讨会的时间越来越近,李文军想要找车雪晴商量一下。李文军来到车雪晴的办公室,开门的是车雪晴的秘书。

秘书打开门,引着李文军进来。李文军做出一副谦逊的样子,问道:"车总不在吗?她让我过来,说调试一下这里的灯具。"

秘书说:"你稍等,车总出去了,马上就来了。"

走进车雪晴的办公室,李文军看到角落里有个送水工,正在更换饮水机上的水。

送水工看起来六十多岁了，但动作非常利落而娴熟。

李文军问女秘书："这位师傅怎么看着面生啊，我之前来几次怎么没见过。"

秘书说："你才来我们公司几次啊！这位大爷是给我们公司送水的师傅，已经一年多了。"

"一年多，时间够久的。"李文军嘴里默念着，不自觉微微皱着眉头，仔细打量着送水工。

送水工换好水后，提着空桶，对女秘书说："大妹子，换好水了，我先走了。"

"好，你走吧。"女秘书点点头。

送水工冲李文军笑了一下，随即走出办公室。

李文军看着送水工渐渐远去的身影，脸色越发难看。

"哎，你看什么呢？赶紧进来检查灯具啊。"秘书看了一眼李文军，不耐烦地催促道。

李文军应了一声，赶紧走过来，装模作样地检查起灯具来。同时，装作有意无意地问道："小姐，我听说你们公司这几天对外来人排查得很严。尤其是我们这些维修工、送水工。"

"可不是，还不是被之前的商业信息泄密事件搞的。"秘书抱怨了一句，说，"所以，现在连陈师傅这种常年为我们公司送水的人，都要提防。"

"是吗？怪不得他刚才换水的时候，你要在办公室守着呢！"李文军顺着秘书的话说道。

"哎，你什么意思？你怀疑陈师傅啊，我看你才像是呢！"秘书瞪了李文军一眼，没好气地说。李文军苦笑一声，连忙解释道："不不不，小姐，你误会我的意思了。"

这时，办公室的门开了，车雪晴进来了。她看到李文军，明白了怎么回事。于是对秘书说："好了，这里没你的事了，先出去吧。"

秘书看了一眼李文军，说："车总，这个维修工真是没礼貌，刚进来就一通乱问。咱们是不是要换掉他？"

"行了，我知道了，干你的事吧。"车雪晴不耐烦地说了一句。

秘书也不敢多说什么，赶紧退出办公室。

车雪晴迅速走了过来，紧张地问道："怎么样了？文军，你们是不是调查出什么结果了？"

李文军摇摇头，皱着眉说："还没呢。不过我们已经调查了药品研发部的所有人，暂时没发现问题。"

车雪晴微微松了一口气，说："文军，我现在可是将我还有我们公司的命运都交给你了。所以，你一定要保证，不能出现任何问题。""放心吧，我会尽力而为的。"李文军感受到了车雪晴所承担的巨大压力。

这时，李文军想到了刚才的送水工，连忙问车雪晴对他的印象如何。

车雪晴说他平时勤勤恳恳，没看出有什么问题。

李文军点点头，暂时松了一口气。可是，他总觉得哪里有什么问题。

车雪晴看了看时间，说："文军，时间差不多了，我要去参加研讨会了。"

车雪晴打开办公桌旁边的抽屉，拿出一个U盘。

李文军看着车雪晴手里的U盘，心里隐隐地不安。

车雪晴注意到李文军的异样，于是问道："文军，你怎么了，干吗一直盯着我看？"

"雪晴，你能给我看一下你手里的U盘吗？"

车雪晴一脸疑惑地将U盘递给李文军。

李文军拿着U盘仔细看了一下，说："雪晴，你是不是要拿着这个U

盘去药品研发部下载药品数据呢？"

车雪晴点点头，说："是啊，有什么问题吗？"

"雪晴，你确定这个U盘是你的吗？"李文军盯着U盘，语气变得非常迟缓。

车雪晴愣了一下，拿着U盘仔细看了起来。很快，她惊愕地叫道："文军，这不是我的U盘。我的U盘用了很久了，边角有一些磨损，可是这个U盘却明显是新买的。"

李文军微微扯了一下嘴角，说："雪晴，我猜刚才的送水工就是马友天。他之前一直潜伏在你们公司，对你的习惯以及办公物品了如指掌。他之前靠着这个身份，对大彪进行指挥。但是大彪出事了，所以逼不得已亲自出马。刚才借着给你换水的间隙，他将你的U盘偷偷换了。这个U盘上一定装了什么软件，会自动将里面的信息转移出去。这个计划可谓是天衣无缝，因为谁也不会怀疑到你身上。"

听到这里，车雪晴着实吃了一惊。同时，生出几分惊恐来："这个人真是太狡猾了。要真是这样，那我岂不是浑身长嘴都说不清了。"

李文军叹了口气，说："是啊，当年我可是领教过他的手段的。"

"文军，那我们该怎么办？要不然，这U盘我不用了。"

李文军闻言，连忙说："不，雪晴。马友天还不知道他的计划已经泄露。现在，正是我们彻底斗败他的机会。"

"文军，你要怎么办？"车雪晴不解地问道。

李文军嘴角浮起笑容。

十分钟后，车雪晴像是什么事情都没发生一样，来到药品研发部……

四个小时后。李文军和薛明艳在西餐厅吃饭。吃饭过程中，李文军一直盯着手机。

薛明艳见状,有些不满地说:"文军,你怎么老是盯着手机?是不是在等车雪晴给你打电话呢?"

李文军扫了薛明艳一眼,缓缓地说:"艳艳,你胡说什么呢?"

薛明艳刚想说话,忽然,李文军的手机响了一下。

李文军正要拿起手机,却被薛明艳抢了先。她拿着手机,晃了晃说:"你着什么急!我倒要看看,究竟是谁发给你的信息。"

李文军无奈笑了笑,摆摆手,说:"好好好,你看吧。"

薛明艳打开手机,刚看了两眼,就张大了嘴巴:"这是怎么回事?文军,马友天给你发信息,说他成功窃取了抗癌药的数据和信息。"

李文军闻言,端着酒喝了一口,兴奋地说:"艳艳,你现在就给他回一条信息,告诉他别高兴得太早了。让他先检查一下信息有没有问题再说。"

薛明艳看了一眼李文军,随即回复了过去。

大约二十分钟后,李文军的手机响了。

薛明艳将手机递给李文军。

李文军拿过电话,接通后,听到一个喑哑的声音。

"李文军,我真是低估你了,没想到你竟然有这么一手。"

李文军笑了一下,轻轻地说:"马友天,多谢你的夸奖。我这叫'以彼之道,还施彼身'。"

"好,你够狠!接连两次失败,我的名声都让你毁了。"马友天气愤地说。

"马友天,你这话真好笑。你的名声难道是什么好名声吗?毁了反而让更多人受益吧。"

"李文军,你现在说这些正义凛然的话,不觉得心虚吗?你好像忘了,我的这些手段是跟谁学的?真没想到,一个要自杀的人竟然重新站起来了。"

李文军"哼"了一声，说："马友天，要说起来，我还真是要感谢你呢。如果不是你，我说不定做出多少离谱的事，也就不会有站起来的机会了。"

"你少充大尾巴狼了，我告诉你，李文军，咱们俩之间没完！我看下一次，你还会不会有这么好运！"

"下一次？马友天，你确定你还有下一次吗？"

"你什么意思？"马友天听出李文军话里的另一层意思来，心里顿时有些害怕。

李文军说："马友天，你记住了，每个人都要为自己所做的事付出代价。之前的我是，现在的你也是。"说着，李文军就挂了电话。

薛明艳听见李文军这番话后，心里有些佩服起他来。

"文军，你真是好样的！"

李文军有些不好意思地说："艳艳，这些话都是我的肺腑之言。"

薛明艳看着李文军，然后问道："文军，你说大彪到底为什么要伪装成快递员给齐云芳送首饰盒呢？"

李文军想了一下，说："我也在想这件事。总觉得有什么事被我漏掉了。"

第十节　黑狐落网

静海医药公司的项目算是告一段落，明创信息咨询服务公司凭借这个项目在京城站稳了脚跟。但马友天就没这么好运了，李文军他们听说马友天因为这次的失利，在业内的口碑急速下滑，他一下子失去了很多客户。

得知这件事后,李文军高兴坏了,特意带着公司的人到饭店大吃了一顿。

饭桌上,薛明艳不安地说:"文军,马友天现在一定恨死你了。你说他会不会报复你啊?"

李文军笑了一声,说:"那又怎样?"

"你别嘻嘻哈哈的,我没和你开玩笑。马友天这种人什么事都干得出来,你可得小心点。"薛明艳语气中多了几分担忧。

宋佳佳也说:"我看李总对自己的安全一点儿都不在乎。这几天还把自己的住处到处宣扬,生怕马友天不知道他住在哪儿。"

"我正想和你说这事儿呢。文军,你疯了吗?"薛明艳接过话茬,生气地说。

李文军摇摇头,站了起来,走到了窗户边,往下张望了一眼。同时,嘴角露出了一抹笑意:"疯了?那得要看是谁了。"

一个月后,下班时间,薛明艳约李文军一起去外面吃饭。

两人从公司出来,薛明艳看到不远处有一队工人在粉刷墙壁。她摇摇头,说:"唉,这都什么时候了,这些人怎么还不下班?"

李文军笑了一下,不以为然地说:"下班?他们下不下班,可不是自己说了算的。"

薛明艳听出李文军话里有话,于是问道:"文军,你这话什么意思?"

李文军微笑着说:"艳艳,你难道就没怀疑过吗?这几个工人怎么天天出现在咱们周围?"

薛明艳说:"文军,你说的这些我当然怀疑过,我还调查过了。不过,他们只是一般的施工队,没什么问题。"

"没什么问题?你难道没发现吗?他们现在刷的那面墙,已经刷了近一个星期了。"李文军一边说,一边意味深长地摇摇头。

薛明艳闻言,不免惊呼一声:"文军,难道……"

李文军冲薛明艳做了一个嘘声的手势:"算了,我们就当什么事情都没发生。"

薛明艳不放心地说:"文军,你是不是另有计划啊?"

"天机不可泄露。"李文军又开始故作神秘起来。

李文军回到家的时候,已经是快十一点了。他进屋后,没有开灯,而是走到阳台,朝对面看了一眼。

一个小时之后,一个黑影撬开了李文军家的门,悄悄地走进屋来。

这时,黑漆漆的客厅忽然亮起了灯。

李文军看着马友天穿着一身黑衣,戴着黑色棒球帽和口罩,包裹得非常严实。他的手里,还拿着一把水果刀。

马友天见李文军端坐在沙发上,悠然地喝着咖啡。而他的周围,坐着薛明艳、刘杰、陈明等人。

刘杰看着眼前的蒙面人,满脸兴奋地说:"你就是传说中的马友天。真没想到,我今天算是见到活人了。"马友天的眼神里流露出几分慌乱和狼狈。他连忙转身,朝门口跑去。

"马友天,你觉得你还能跑的了吗,警察已经在楼下了。"李文军低沉的声音响了起来。

此时,马友天听到了楼下警车的声音,心里顿时一凉。他回过头,冲着李文军冲去。

李文军早有防备,迅速躲了过去。剩下的几个人连忙按住了马友天。

刘杰迅速地摘掉了马友天的口罩和帽子,露出马友天的脸。马友天的脸异常消瘦,眼窝深陷,颧骨高高地突起。不过,尽管如此,他的眼神看起来却是炯炯有神,闪烁着异样的光芒。

马友天看了一眼李文军，不甘心地说："你是怎么发现我的？"

李文军解释说："施工队每天都出现在我周围，这实在是太明显了。看得出来，你真的是被逼急了，连这么简单的错误都会犯。还有，我家对面的房子每天在我回来的时候都开着灯，但不久后就会熄灭，这也太巧合了吧。"

"那又怎样？就算你知道我在监视你，你又怎么知道我会今天行动呢？"马友天继而问道。

李文军微微撇了一下嘴角，有些得意地说："马友天，看来你还是没明白我的话。施工队明天就要完工了，也就是说，如果明天你还要继续监视我的话，就要换个身份了。可是我刚刚回家的时候，看到对面的房子没有开灯。也就是说，你今天晚上跟了我一路，如果不是因为要动手，何必这样呢？最重要的是，我查了你的行程，得知你买了明天的机票去美国。怎么样？还有什么问题吗？"

"果然是李文军，我输得心服口服。"马友天说到这里，大笑起来，"李文军，你也算是我的师傅，如今栽在你手里，不冤！"

这时，警察走了上来，给马友天戴上手铐。

马友天被带走的时候，他转头看了一眼李文军，说："李文军，你也别太得意了。虽然这次你赢了我，可是你也不是最后的赢家。终有一天，你会发现，你被别人给卖了，却还帮着人家数钱呢！"

"马友天，你这话什么意思？"李文军皱了一下眉，忍不住上前问道。

"李文军，你不是挺聪明的吗？既然如此，那你就自己猜吧。"马友天说着，得意地大笑起来。

"文军，太好了，马友天终于落网了。"薛明艳走上前来，兴奋地说道。李文军看了薛明艳一眼，心里却丝毫高兴不起来。他不断回想着马友天刚才的话，他很清楚，马友天一定是知道了什么他不知道的秘密。

"艳艳，你说刚才马友天的话是什么意思？"

薛明艳不以为然地说:"文军,你想那么多干什么?马友天就是个疯子。一个疯子说的话,你干吗那么较真?"

李文军没有说话,他现在越来越觉得自己掉入了一个陷阱,而且是越陷越深。

第二天中午,车雪晴打电话请李文军吃饭,说是感谢他帮自己解决了公司泄密事件。

尽管车雪晴在电话里一再强调,只请李文军一个人。可是,李文军还是带着薛明艳一起来了。

看到这一幕,车雪晴本来很好的心情,瞬间就变得低沉下来。

"车总,你不会不欢迎我吧?"薛明艳故意问道。

车雪晴嘴角挤出一抹不自然的微笑,淡淡地说:"怎么会呢,薛总也算是我的恩人,我求之不得呢!"

"既然如此,那我就放心了。"薛明艳说着,拉着李文军走上前,不客气地坐了下来。

车雪晴脸上掠过一抹不易察觉的怒色,但很快就被热情的笑容遮掩。她端着酒,对李文军说:"来,文军,这杯酒我敬你。如果不是你的话,我真不敢想象我现在会是什么样。"

李文军端着酒,连忙说:"雪晴,你客气了,这是我们公司分内的事。"

薛明艳双臂抱在胸前,说:"车总,你找我们来,不会单纯地说这些吧?"

车雪晴没有理会薛明艳的话。她的注意力一直在李文军身上:"文军,你接下来有什么打算?"

"雪晴,你这话什么意思?"

车雪晴端着酒,喝了一口,说:"文军,你这次帮了我们公司一个大忙。我想将你拉入我们公司的信息部门。薪资待遇方面，肯定要比你自己开公司赚得要多。"

薛明艳听到这里，心里气不打一处来。她算是明白了，这车雪晴摆明就是来挖人了。

薛明艳没好气地说："车总，你也太不地道了吧。你今天的行为，可是在挖墙脚啊。"

车雪晴转过头来，看着薛明艳，笑道："薛总，我可不是挖墙脚，我是为文军的未来做打算。他应该拥有一个更广阔的平台，这样他的才华才能得到淋漓尽致的展现。"

"是吗，可是，我怎么感觉他像是被装进了笼子里的金丝雀呢？"薛明艳做出一副漫不经心表情，言语里充满了讽刺。

"你说什么？薛总，请注意你的言辞。"车雪晴脸色陡变，两只手紧紧地攥着。

一时间，周围的空气仿佛都凝固了，充满了浓浓的火药味。

李文军看了一眼车雪晴，说："雪晴，谢谢你的好意。不过，我眼下挺好的，就不去了。"

"可是，文军，你难道不……"车雪晴的话还没说完，手机忽然响了。

车雪晴看了一眼屏幕，接通后没说几句，就非常生气地吼道："查不出来就继续查！不然我请你来干什么？"说着，就挂了电话。

李文军见状，赶紧说："雪晴，你要是忙的话，不如就……"

"哦，没事的，文军。"

"车总，你在调查什么吗？"薛明艳听车雪晴刚才的电话内容，好奇地问道。

"没什么，就是孩子的事。"车雪晴低沉地说。

"孩子怎么了？"李文军问道。

车雪晴叹了口气,抬头看着李文军,说:"算了,文军,不提那些伤心事了。我刚才的提议,我觉得你可以好好考虑一下。我们静海医药公司如今也是国内数一数二的大型制药企业。你来我们公司,会有更大的发展空间。"

"谢谢了,不过我还是觉得我现在挺好的。所以,对不起了。"李文军没有犹豫,再次拒绝了车雪晴。

车雪晴表情有些尴尬,随即说:"文军,你其实不用太快拒绝,再考虑考虑吧。"

回去的路上,李文军一直紧绷着脸,若有所思地看着窗外的景色。

薛明艳见状,拍了一下李文军,说:"文军,你怎么一副魂不守舍的样子?"

"我在想,雪晴今天有些奇怪。"李文军回头看了薛明艳一眼,淡淡地说道。

"你怀疑她不是在调查孩子的事?"

李文军摇摇头,说:"不知道。我记得雪晴之前说过孩子是因为她太忙,导致错过最佳治疗时间,才会去世的,所以她才会如此怨恨马友天。可是今天看她的样子,我感觉孩子的去世另有原因。"

"文军,你的意思是?"薛明艳的话没说完,但她的表情却有些夸张。

李文军看了看薛明艳,说:"这事情绝对有蹊跷。马友天之前说的那句话,你还记得吗?"

薛明艳点点头,说:"你猜到什么了?"

李文军皱着眉,说:"暂时还没想清楚,但有一件事我觉得很奇怪。据我所知,马友天和刘泽星的关系很好,之前我入狱就是他们联手弄的,后来我出狱我还见过马友天和刘泽星一起出现在咖啡馆。你还记得吗?"经李文军的提醒,薛明艳也想起调查龙华饮料公司泄密事件的时候,在咖啡馆见过刘泽星和马友天。

李文军接着说:"既然马友天和刘泽星关系这么好,刘泽星为什么没有阻拦马友天呢?"

薛明艳听李文军的分析,心里有些惊慌了:"文军,按照你这么一说,我感觉后面好像还有更大的圈套等着我们往里钻呢!"

李文军用手揉了揉太阳穴,没有说话。

薛明艳轻轻握着李文军的手,缓缓地说:"文军,你放心吧,不管遇上什么事情,咱们一起面对。"

李文军转头看了薛明艳一眼,伸出胳膊将她紧紧搂入了怀中。

第九章　老东家与老对手

第一节　一笑泯恩仇

静海医药公司的项目结束之后，车雪晴再没联系过李文军。李文军的生活总算是走上了正轨。虽然工作很辛苦，可他觉得生活充满了希望。因为，身边有刘杰他们这些有着共同追求的人。最重要的是，他知道不管发生什么事，薛明艳都会陪在他身边。

李文军和薛明艳本来已经计划好结婚事宜。但是，接下来的项目，却将他们的计划打破了。

这天中午，大家正有说有笑的时候。忽然，前台小姐走了过来，对李文军说："李总，车总来见你，说有项目和你谈。"

前台小姐尽管说得很小声，可还是让一旁的薛明艳听到了。她不悦地说："你说谁？车雪晴吗？"

前台小姐看了薛明艳一眼，说："是的，薛总，我听她叫身边那个人什么泽星。"

李文军听到这句话，脸上的表情顿时凝滞了。不过，李文军还没开口，薛明艳就说："是刘泽星啊。车雪晴还真有意思，居然带着他来了。文军，这个人可不是好惹的。今天她不管遇上什么麻烦，你可都不能帮她。"

李文军看了薛明艳一眼，摇摇头，说："艳艳，如果我一直执着于过去的那件事，还怎么进步？再说，当年的事本来就是我的错，说句不好听的，人家是在替天行道。我有什么好怨怪的。"

"可是……"

"没什么可是的，如果他们是来谈生意的，我们自然欢迎。"李文军没等薛明艳说完，就打断了她。

五分钟后，李文军的办公室里。

李文军站在办公桌前，他一手插进裤袋，一手摸着鼻梁，嘴角泛起一抹笑意。薛明艳站在他旁边，双臂抱在胸前，浑身上下透着高傲冷漠的神态。

很快，办公室的门开了，车雪晴和刘泽星走了进来。

李文军看着刘泽星，他们已经很多年没见面了，两人此时再度相见，有种恍然隔世的感觉。

对于李文军来说，眼前的刘泽星，跟过去没什么区别，不过是平添了几分成功男人的气度。看到这样的刘泽星，李文军心里泛起了一层涟漪。

倒是刘泽星，看到李文军后心里有些不平静。这些年，他也听说了很多关于李文军的事。尤其是李文军出狱后，他经常梦见李文军来向他寻仇。而如今，李文军真的站在他面前，他有些心慌，脊背上不断冒冷汗。

李文军走了过来，看了看刘泽星，像是什么事情都没发生过一样，笑着问道："刘总，你怎么脸色苍白，出什么事情了？"

"我……可能是你这里太热了吧。"刘泽星不自然地干笑着，眼神有些飘忽。

李文军笑了一下，随后请车雪晴和刘泽星坐下。

薛明艳对刘泽星和车雪晴没有一点儿好感，她走了过来，冷冰冰地问道："车总、刘总，不知道你们今天来有什么事情吗？"

车雪晴没有理薛明艳，转头看了看李文军，说："文军，其实，我们来是因为北极星科技公司遭遇了一桩严重的信息泄密事件。本来泽星不愿来麻烦你，是我坚持要让他过来的。眼下，只有你能帮上忙了。"

"是吗，能给我具体说说吗？"听到这件事后，李文军一下子联想到之前在酒会上看到张宇坤的场景，直觉告诉他，张宇坤可能与这次北极星科技公司泄密事件有关。

刘泽星多少有些尴尬，他看了看李文军，迟疑了一下，说："是这样的，我们公司研发的软件遭遇了泄密。我们调查了很久，却还是毫无进展。"

李文军笑着说："刘总，让我猜猜看。这次窃取你们公司软件信息的是海想科技公司吧。"

刘泽星点点头，干笑了一声，说："是的，文军。没想到，你还记得过去的事啊！唉，我们为了研发这款软件耗费了很多的人力物力，结果软件刚刚准备上市，海想科技公司就上市了一款完全一样的软件。"

薛明艳"哼"了一声，说："刘总，你们北极星这么大的一家公司难道没有自己的信息部门吗？还需要找我们帮你们查这件事？"

"这……"刘泽星低着头，尴尬得不说话了。

车雪晴瞪了一眼薛明艳，转头看着李文军，说："文军，今天我们可是来谈生意的，题外话还是少提比较好，是吧？"

李文军点点头，看了一眼薛明艳，说："艳艳，咱们还是说重要的事吧。"

薛明艳淡淡地说："好，那就说吧。"

刘泽星此时的脸色难看到了极点，若不是真的没有办法了，他是绝对不会来找李文军的。

按照刘泽星的说法，北极星科技公司现在研发的多款软件，都面临着泄密的危险。其中最重要的一款是一个叫作"雷豹"的软件，电脑和手机上安装这款软件后，可以拦截所有骚扰信息。如今，"雷豹"的研发已经到了关键时刻，随时都有泄密的可能。

说到这里，李文军和薛明艳对视了一眼。薛明艳说："刘总，网络安全的软件在市面上已经有很多了，'雷豹'有什么特殊之处吗？"

刘泽星介绍道："随着网络的发展，网络安全受到越来越多的人关注。如今市面上有关网络安全的软件虽然很多，但大多还是只能过滤一些简单的病毒和广告。但我们公司的'雷豹'可以根据用户的使用习惯来防护网络信息。"

李文军似乎明白了什么，说："也就是说，'雷豹'有着和人工智能相似的属性，它可以根据使用者的习惯改变自身的属性？"

刘泽星点点头，说："没错。如今人工智能越来越受欢迎，我们公司一定要抢先一步占领市场。"

李文军应了一声，说："我明白了，'雷豹'是贵公司能否重新崛起的关键。所以，刘总，你担心'雷豹'遭遇泄密。"

刘泽星说："是的，文军。你只要尽快帮我找出泄密的人，报酬方面，都好说。"李文军盯着刘泽星，看了他一会儿，说："好，刘总，这个项目我接了。"

薛明艳惊异地看着李文军，她没想到李文军会答应得如此痛快。

送走了车雪晴和刘泽星后，薛明艳生气地冲李文军说："为什么你要接这个项目，你难道不知道他们是什么人吗？"

李文军叹了口气，笑吟吟地说道："艳艳，我当然知道他们是什么人了。但一切都过去了，我们要学会往前看。而且，如果我们接手这个项目，以后我们公司的业务就有可能扩展到国际市场，这难道不是好事吗？"

"文军，我知道你的想法。可是我担心……"薛明艳皱着眉，不知为什么，她心里总有一种说不上来的慌乱。

李文军安慰了薛明艳几句，拍着她的肩膀，柔声说："艳艳，我向你保证。等这个项目结束后，我再也不和他们有任何的瓜葛了。到时候，咱俩就结婚，好吗？"

"你说真的吗？"薛明艳看着李文军有些不敢相信。

李文军笑着说："我什么时候骗过你？"

"好，那就这么定了。"薛明艳露出喜悦的神色来。此时的她，就像是一个得到了棒棒糖的小女孩一样。

一个小时后，李文军召集了刘杰等人开会。

因为之前在酒会上看到行踪诡异的张宇坤，所以，李文军决定把调查的重点先放在张宇坤身上。

李文军看了看文静，问道："文静，在座的人之中，就你和张宇坤接触得最多。你来谈谈，他身上有什么可疑的地方吗？"

文静最讨厌别人将自己和张宇坤联系到一起。她站起来，有些抵触地说："李总，其实，我和他接触也不算很多。平时躲他都来不及，怎么会关注他的情况。"

"文静，你别误会，我没别的意思。"李文军注意到文静的表情，连忙说，"我只是想知道张宇坤有什么反常的地方，不管是什么，你都可以说出来。"

被李文军这么一问，文静皱着眉，陷入了回忆之中。好半天，她才说："李总，他之前经常约我去一个叫'明锐昂'的韩国餐厅吃饭。而且，每次都会固定地坐在一个位置上。吃饭的时候，也总是心不在焉。哦，还有一点，他好像每次都是晚上九点和我从餐厅出来。出来后，也不像平常一样送我回家，却总是给我另叫车。"

"是吗？"李文军听到这些，顿时来了兴趣，"文静，'明锐昂'餐厅应该距离北极星科技公司的研发中心不远吧。"

文静点点头，说："是啊，李总，你怎么知道的？"

李文军意味深长地说："如果我没猜错的话，张宇坤当时坐的位置正好可以窥探研发中心的一举一动。晚上九点钟，研发中心的人应该都下班了，他正好可以趁机潜入研发中心窃取软件信息。"

刘杰疑惑地说："李总，北极星科技公司在国内有很高的的知名度。照理说，它的研发中心保密级别应该非常高。张宇坤只是个信息部门的总监，应该没有权限进入研发中心吧？"

"那也不好说，如果他打着调查泄密事件的幌子呢。"薛明艳想了一下，又说，"说不定，刘泽星一方面让张宇坤在暗中调查泄密事件，另一方面又来找我们调查。大概，他是想双管齐下，尽快揪出泄密的人。"

"可惜啊，刘泽星却不知道，自己委派的人监守自盗。"刘杰笑了一声，随口说道。

李文军看了刘杰一眼，说："刘杰，在事情没有证据之前，不能乱说。眼下，张宇坤只是有嫌疑。我们现在要做的，就是从他身上展开调查，寻找突破口。"

刘杰吐了吐舌头，没有再说话。

这时，文静好像又想起了什么，连忙说道："李总，我之前听到张宇坤给一个人打电话，感觉神神秘秘的。虽然我不知道具体说了什么，但我多次听到他提到一个人名。"

"什么人名？"李文军忙问道。

文静皱眉想了一下，说："好像叫于兴。"

"于兴？"李文军皱着眉头，想了一下，冲文静投来一个赞许的眼神，"文静，你这个信息提供得非常有价值。"

薛明艳看了文静一眼，淡淡地说："也不过就是个人名，这能说明什么呢？"

"这能说明的东西实在太多了。"李文军看了一眼薛明艳，说，"如果这个于兴就是张宇坤幕后的雇主呢？"

宋佳佳看了看李文军，说："李总，叫于兴的人那么多，你要怎么查呢？"

李文军笑着说："你说得没错，可是咱们可以用排除法。北极星科技公司的软件信息不是让海想科技公司拿到了吗？那么，咱们直接调查海想科技公司，看看里面有没有一个叫于兴的员工，不就容易了。"

陈明听到这话，立马说道："得嘞，这件事交给我了。"

第二节　聪明反被聪明误

不到一天，陈明就查出来了。

"李总，还真让你说对了。海想科技公司确实有个叫于兴的员工，现任客户经理。我调查了他的履历，发现他原来供职于北极星科技公司，后来被一家猎头公司挖到了海想科技公司。"

李文军听到这里，忽然感觉这一幕很熟悉，让他想起了罗薇。难道，这件事另有玄机。

薛明艳显然和李文军想到了一起，她转头看向李文军，惊愕地说："文军，这难道……"

李文军摆摆手，轻笑着说："这个项目看起来越来越有意思了。从现在起，我来分配任务。刘杰，你负责跟踪张宇坤，有什么情况随时报告。陈明，你继续调查于兴和张宇坤的关系。佳佳，你查一下于兴目前的财务状况。文静，张宇坤的财务情况就交给你了。"

"这个……"文静面露难色，似乎有些不太情愿。

李文军笑了笑，说："文静，我都能接受刘泽星的项目，你难道还不能接受调查张宇坤吗？"

文静闻言，连忙摇摇头："不，李总，我做就是了。"

刘杰疑惑地说："李总，于兴由谁来负责跟踪呢？"

李文军看了一眼薛明艳，说："这个你就不用管了。"

宋佳佳看了一眼刘杰，说："刘杰，我看你是真笨。哎，我们都是孤军奋战，只有人家两个是双宿双飞啊。"

薛明艳狠狠地瞪了宋佳佳一眼："佳佳，你再胡说八道，以后发红包再没有你的份了。"

众人顿时哄堂大笑了起来，只有文静一个人笑得很勉强。

次日傍晚，海想科技公司的门口，薛明艳和李文军假扮成一对普通的夫妻，骑着电瓶车正在路上走着，忽然车子坏掉了。

李文军和薛明艳赶紧下车，李文军低头修着车子，薛明艳则在一旁假装抱怨他没出息。

这样的事情，在京城，时时刻刻都在上演，过往的行人谁也没有多看他们一眼。

就在这时，于兴从海想科技公司里走出来。他一边打着电话，一边走向旁边的车。打开车门，直接钻了进去。随后，车子就开走了。

李文军和薛明艳赶紧骑上电瓶车，跟在于兴后面。幸好赶在下班高峰期，李文军他们才能一路紧紧地跟在后面，不至于被落下。

大约半个小时后，于兴来到一家高档酒店。

李文军怕被于兴注意，就没有跟过去，而是站在了路边等待。

几分钟后，李文军看见一个穿着蓝色工作衣的男人走过来。他看到他们俩，立刻上前打招呼："李总，薛总，你们怎么也来这里了？"

李文军看了男人一眼，笑了笑，说："我们是跟踪于兴到这里的。刘杰，你怎么也在这儿？"

刘杰看了一眼酒店门口，说："我是跟踪张宇坤来的。"

薛明艳皱眉说："看起来，他们俩是进去谈事情了？"

刘杰有些紧张地说："可惜啊，现在就是去酒店，也不知道他们的具体位置。"

"那咱们接下来怎么办？"薛明艳看了看李文军，忍不住问道。

李文军摸着鼻梁，嘴角浮起一抹浅笑："不着急，我们先回去吧。"

之后的几天，他们还是一无所获。张宇坤和于兴自从上次见面后，就没再见过面。

这天中午，李文军召集大家开会，谈一谈这几天的工作结果。

根据宋佳佳的调查，于兴自从入职海想科技公司后，买了多辆豪车，而且名下有好几处的房产。根据他的消费记录，他经常购买奢侈品。显而易见，他的消费情况和他的收入完全不符。

得知这些消息，李文军加大了对于兴的调查力度。

这天晚上，李文军和薛明艳跟踪于兴来到一家酒吧。

薛明艳皱着眉，叹口气，说："真是搞不懂，他怎么喜欢来这种吵闹的地方。"

李文军笑了一声，说："艳艳，你可别这么说。现在生活压力这么大，还不许人家喝个小酒，放松一下。"

薛明艳"哼"了一声，轻蔑地说："你还觉得挺好，怎么，以后你还打算常来啊?"

李文军正要说话,忽然手机响了一下。他打开一看,是刘杰打来的。

"李总,我刚才跟踪张宇坤,发现了一件奇怪的事情。除了我之外,好像有一个送快递的人在跟踪他。而且,每次都跟踪到张宇坤家门口。"

李文军赶紧问道:"刘杰,除了这个,还有什么异常没有?"

"这个我暂时还不好说。不过,我打听到了一些消息,据说这阵子,有个修理工多次出入张宇坤的办公室。"

听到这些消息,李文军心里有些不安:"不好,他可能要出事了。"

"李总,你说什么?"刘杰没有弄明白李文军的意思。

李文军叮嘱刘杰一定要密切注意张宇坤的一举一动,然后挂了电话。

薛明艳看了看李文军,担忧地问他发生了什么事。李文军将情况给她复述了一遍,然后说:"艳艳,你留意一下,看看除了我们,还有谁在盯着于兴。"

"这……"薛明艳四处观察着,看了半天,她的目光落在了于兴身边的女人身上。

薛明艳看一眼李文军,尽管她什么都没说,可是李文军却已经明白了她的意思。

半个小时后,于兴似乎也察觉到了什么。他看了看时间,说:"对不起,时间太晚了,我得先走了。"

于兴刚站起来,就被身边的女人拉住了:"兴哥,你怎么这么快就要走啊?我今天还给你准备了惊喜,你不打算留下来看看吗?"

"惊喜?"听到这里,于兴脸上露出疑惑的神色。

女人贴近于兴的耳边,不知道和他说了什么。只见于兴面露喜悦,高兴地说:"好啊,那就这么定了。不过,可说好了,我只能再待半个小时了。"

女人赶紧说:"好,兴哥,那就这么定了。"

看到这一幕,薛明艳轻轻拉了一下李文军的胳膊,小声说:"文军,看起来于兴是个谨慎小心的人。"

李文军摇摇头,说:"那又怎么样,还不是让人给骗了。"

"什么意思?"薛明艳被李文军的话搞糊涂了。

李文军向薛明艳使了个眼神。薛明艳顺着李文军的目光看过去,发现女人正将一个小药瓶偷偷扔到一边的垃圾桶里。

薛明艳吃惊地叫道:"文军,那个是……"

李文军摆了一下手,示意薛明艳别说出来。

没多久,于兴就有些醉了,嘴也不听使唤,开始胡言乱语了。

女人看着于兴这样子,趁机问道:"于兴,你到底是谁?"

于兴微微晃荡着身子,含糊不清地叫嚷着:"我是……"

于兴的话还没说完。忽然,薛明艳从座位上站起来,冲到于兴身边,不由分说就狠狠打了于兴一个耳光,气恼地说:"于兴,你个浑蛋。你不是说你在加班吗?怎么会出现在酒吧?"

于兴身边的女人惊愕地看着眼前气势汹汹的薛明艳,什么话都没说。

薛明艳走到于兴身边,搀扶起他,嘴里狠狠地骂道:"你这个浑蛋,等回到家我再和你算账,赶紧跟我走。"

于兴半靠着薛明艳,含糊不清地叫着:"老婆,我……我没出去玩啊!"

"赶紧给我回家去,少在这儿丢人现眼。"薛明艳气呼呼地叫骂着,随后又狠狠地扯了一下于兴的耳朵。

薛明艳将于兴拉出酒吧后,往不远处的角落看了一眼,看见李文军正站在那里。薛明艳刚要开口说话,却见李文军给她递了个眼神。

薛明艳微微转了一下头,用眼睛余光向后瞟了一眼,发现刚才的那个女人在后面不远的地方跟着。薛明艳继续佯装生气的样子,一边骂着于兴,一边拉扯着他往前走去。

他们走到了于兴的车边,打开车门,薛明艳将于兴塞了进去。然后,自己坐到驾驶座位置,开车走了。

大约十分钟后,薛明艳的手机响了。打开一看,是李文军打来的。她迅速接通,带着兴奋的口气说道:"文军,你在哪里?"

李文军说道:"我就在你后面跟着呢。艳艳,你在前面的酒店门口停下来。"

薛明艳应了一声,随即挂了电话。

几分钟后,薛明艳将车子停在了酒店的停车场。

薛明艳刚从车子里出来,就见李文军也从一辆出租车里出来,迅速跑了过来。

薛明艳看了看李文军,说:"那个女人甩掉了吗?"

"应该是甩掉了。"李文军上前打开车门,将于兴拉了出来。

"文军,我们把于兴带到这里干吗?"

李文军想了一下,说:"你先去楼上开个房间,我们先把于兴安顿一下。"

二人费了好大的劲儿将于兴带进酒店房间。于兴躺在酒店床上,抬头看着李文军,含糊不清地说:"老婆,你不要怪我啊,有些事情,我真是不能对你讲……要不是张宇坤,我又怎么会变成今天这样,我恨啊!可是我没有办法啊!"

李文军听着于兴嘀咕的话,心里十分震惊。看来,一切和他之前猜测得差不多。张宇坤通过猎头公司,将于兴安插进海想科技公司,从而获取海想科技公司的商业信息。

薛明艳看了看李文军,忍不住担忧地说:"文军,张宇坤这么做实在太危险了。看今天这样子，海想科技公司应该是察觉到了什么，估计很快他们就会采取行动了。"

李文军皱了一下眉，咬着嘴唇，说："是啊，明天我必须找张宇坤谈一谈，劝他悬崖勒马，不能再这么下去了。"

薛明艳闻言，摇了摇头，叹口气，说："文军，我觉得张宇坤是不会听你话的。我从事信息咨询行业这些年，也听说了不少关于张宇坤的事。自从你离开北极星科技公司后，他就接任了你的职位，工作总是频频出现问题。虽然他处处学你，可是怎么都学不像。而今，他一定知道了你也参与到北极星科技公司泄密事件的调查中。此时，他一定会坚持自己的观点，努力去向刘泽星证明自己比你出色。"

李文军其实也知道自己肯定说服不了张宇坤，但他一想到张宇坤变成今天这样，就觉得自己有着不可推卸的责任。想了一会儿，李文军没有回答薛明艳的话而是故作惊讶地说："艳艳，你真是太厉害了，都学会运用心理学进行推理了。"

"去你的吧，我这还不是被你传染的，搞得草木皆兵，整天怀疑这个怀疑那个的！"薛明艳的注意力被李文军的话转移开了。

李文军暗自笑了一下，然后拉着薛明艳走出酒店。

第三节　旧地重游

第二天中午，李文军穿着一身得体的西装来到北极星科技公司。

已经过去了八年，李文军再次来到北极星科技公司，他的心里百感交集。往事一幕幕，此时都历历在目，仿佛就发生在昨天一样。

北极星科技公司的内部装修没有太大的变化，员工却换了不少。李文军一路走来，过往的人，都用异样的目光看着他。

大家都在议论着这人是谁，有人甚至说他可能是公司刚调来的高管。

听到这话，李文军不禁有些唏嘘。

李文军径直来到信息部。但他看到信息部办公室的门时，眼眶突然有些酸涩。那门一如八年前，甚至连门上的"信息部"三个字都没有变。

李文军推开了门，看见里面的人都在埋头工作，他想了一下，回头敲了敲门。

这时，里面的员工纷纷抬起头来，诧异地看着李文军。

离门最近的员工起身走了过来，看着李文军，冷冷地问道："你谁啊？知道这是什么地方吗？谁让你进来的？"

"住嘴，这里没你说话的分儿。"突然，旁边一个女人出声训斥了一声，随即走了过来。

李文军看着走过来的女人，心里顿时激动起来，没想到她居然是赵兰兰。

赵兰兰打量着李文军，她的心情非常复杂。过了一会儿，她激动地说："李总，你怎么来了？"

众人听赵兰兰称呼"李总"，心里都吃了一惊，办公室里顿时响起一阵窃窃私语的声音。

李文军淡然一笑，手摸着鼻梁，笑道："兰兰，可别这么叫，我可不是你们信息部的总监了，你还是叫我李文军吧。"

李文军的话音刚落，办公室里的人把目光都转向了他，眼眸之中，透露出敬佩和激动。

如今，李文军的名声早已传遍了信息咨询服务行业，对北极星科技公司的信息部而言，李文军是他们部门昔日的荣耀，是所有人都向往的对象，更是一个传奇。如今看到了真人,他们怎么能不激动。

赵兰兰微微点点头,随即又摇了摇头:"不,你在我心里,永远都是我的领导,是我的李总。"

"兰兰,谢谢你还记得我。"李文军淡然一笑,说,"哦,我想问一下张总呢?"

"你……你是说张宇坤?"赵兰兰听到这里,心里"咯噔"了一下。

"对,就是张总。"李文军点了点头。

"张总他……"

"谁找我啊?"

赵兰兰的话没说完,就见张宇坤手插着裤袋,傲慢地从办公室里出来了。当他的视线落在李文军身上时,脸上露出了吃惊的神色。甚至,透着一丝慌乱。但很快他就镇定了下来。

"哟,稀客啊!这不是李总吗?"

张宇坤本来想要在下属面前显示一下自己的领导气场。可是,不知道为什么,走到李文军身边的时候,他还是感觉自己矮了半截,犹如一个泄了气的气球,瞬间就蔫了。

李文军看着张宇坤,叹了口气,说:"张总,你不用客气。今天我来找你,是有个事情想和你谈谈。如果方便的话,能去你的办公室吗?"

"什么事情啊,还非要去办公室吗?"张宇坤有些心虚,他知道李文军是"无事不登三宝殿"。他现在所能想到的原因无非是文静,或者是为当年的事情……

"当然。张总,你不方便吗?"李文军问道。

"没有。"张宇坤眼瞅着众人都看着他们俩,自己也不能露怯,只好说,"来吧,不过我只有十分钟。"

李文军什么话都没说,只是微微摇了摇头。

很快，两人来到了张宇坤的办公室。

张宇坤关上门后，迅速耷拉着脸，看着李文军，不安地问："李总，你来找我干什么啊？那个，我……我最近真的没再骚扰文静。"

李文军在旁边的沙发上坐下来，看着站在面前的张宇坤，淡然一笑，说："张总，我什么时候告诉你我是因为文静来找你的？"

"那……那你是……是为了八年前的那件事情吗。李总，我知道我对不起你，是我出卖了你。可……可是你不是都……"张宇坤心里非常慌乱，说话也有些语无伦次。

李文军摆摆手，说："是啊，那都翻篇了，你放心吧，我不是来向你兴师问罪的。其实，我是来帮你的。"

"帮……帮我？"张宇坤愣了一下，诧异地看着李文军。

李文军微微颔首，想了一下，说："没错，张总，你是不是派了一个叫于兴的人潜伏进海想科技公司盗窃商业信息了？"

张宇坤听到这里，心里着实吃了一惊，脊背上更是冒出一层冷汗。

"李总，你……你是怎么知道的？"

李文军叹口气，说："你别管我是怎么知道的，我只是提醒你一句。张总，你赶紧和于兴收手，你们已经被海想科技公司的人盯上了。"

"什么？怎么可能呢？"张宇坤一脸难以置信的神色，"我和他都非常谨慎，而且我们的防范措施那么谨慎，怎么可能会……"

李文军摇摇头，有些失望地看着张宇坤，说："张总，亏你还从事了这么久的信息咨询工作，你难道不清楚你的行为很有可能招来灾祸。你忘了当年我是因为什么入狱的吗？"

"李总，这……这我还是不相信。"张宇坤摇着头，对李文军的话将信将疑。

李文军盯着张宇坤，严肃地说："张总，你的办公室最近是不是经常有维修工进出。你回家的时候,可曾留意有人在你家门口盯梢。哦,对了,于兴昨晚也被盯上了。险些将你们的事情都说出来。"

张宇坤听到这里,脸色异常苍白。他慢慢地走到沙发边,缓缓地坐下来。

李文军看着张宇坤双眼无神的模样,说:"张总,你还是趁早收手吧。昨天我是侥幸碰上了,才帮于兴脱险。可是下一次,恐怕就没这么好的运气了。"

张宇坤看了看李文军,缓缓地说:"李总,你……你为什么要帮我?"

李文军听到这里,沉默了几秒,起身走到张宇坤身边,说:"宇坤,你也算是我一手带出来的人,可以说,你之所以会变成今天这样,都是我的错。所以,我不希望你一错再错了。你现在走的路,就是我过去走的路。你知道我付出了多大的代价,才重新站起来的吗?"

张宇坤听到这里,忽然大笑了起来,笑声中充满了无助。过了一会儿,他停下来,看着李文军,缓缓地说:"李总,已经晚了。我已经走上了一条不能回头的路。这些年,我处处学你,可处处比不过你。公司上下,尤其是刘总,总是拿你过去的辉煌战绩来羞辱我。我就暗自告诉自己,我一定要超越你,不管付出什么代价。如今,你又为我们公司调查泄密的人,可我才是公司信息部的总监,他们这么做,分明是不相信我的能力,这简直是对我的侮辱。李文军,你知不知道,我有多恨你!这次,不管付出多大的代价,我一定要做出成绩来,我要让公司上下都看看,我张宇坤不比你李文军差!"

李文军听到这里,心里非常复杂。他无奈地说:"宇坤,我没想到你已经走得这么远了。其实,你想要证明自己,方法有很多,为什么一定要选择这种极端的办法呢。你曾经是我最得力的干将,我真的不希望你重走我的老路,你明不明白?"

张宇坤直愣愣地看着李文军，好半天，才缓缓地吐了一句："李总，你什么都不用说了，我清楚自己在做什么。"

李文军看着张宇坤满脸坚定的神色，知道他已经下定了决心。想到此处，他深深叹口气，无可奈何地说："好吧，宇坤，既然如此，我就不多说什么了，你好自为之吧。"

李文军走到办公室门口的时候，张宇坤忽然叫了他一声。

李文军有些意外，转过头来。见张宇坤站了起来，眼神直愣愣地盯着他。

"李总，当年的事情，你真的一点都不恨我吗？"

李文军听到这话，微微一笑，摇摇头，说："宇坤，我早就和你说过了，过去的事我已经放下了。况且，当年的我确实做错了事，本就应该受到惩罚。真要算起来，我应该感谢你，若不历经此事，我也不会大彻大悟，痛改前非，也就不会有今天的我。"

张宇坤听到这里，紧咬着嘴唇，两个拳头狠狠地攥紧了。

"李总，我想我终于明白，我和你相差在哪里了。"

李文军愣了一下，随即明白了张宇坤的话。他冲张宇坤微点了一下头，转身离开了。

李文军不会知道，这一次的见面，是他和张宇坤最后一次见面。

几天之后，张宇坤因为非法窃取商业信息，被警察抓捕。北极星科技公司也因此面临着官司，公司的运营状况堪忧。

李文军和薛明艳在跟踪于兴的过程中，亲眼看见于兴被警察抓走。当时的于兴显得淡定从容，似乎早就有准备了。经过一个垃圾桶边的时候，于兴突然仰天大笑了一声，然后从身上掏出一样东西扔了进去，接着就被警察带走了。

薛明艳看着这一幕，心里有些难受。她回头看着李文军，说："文军，看来海想科技公司已经全部都知道了。"

　　李文军叹了口气,说:"艳艳,或许他早就预料到现在的结果。所以,他才会那么从容的。"

　　薛明艳点点头,怕引起李文军不好的回忆,于是她转移话题,道:"你刚才看到没有?于兴往垃圾桶里扔的东西好像是一张照片。"

　　李文军此时的心情有些复杂,语气低沉地说:"也许,只是一张有纪念价值的照片吧。"

　　"说不定,还有别的价值呢!"薛明艳站起身朝垃圾桶走去。

　　李文军想要阻止她,却已经来不及了。

　　几分钟后,薛明艳拿着一张照片,垂头丧气地走了回来。她看了一眼李文军,说:"唉,真是让你猜对了。这是他当初在人才交流会上的照片。看来,他是想对自己的职业生涯彻底说再见了。"

　　李文军看了薛明艳一眼,没有说话,只是一笑。

　　"算了,还是扔了吧,反正我留着也没有用。"薛明艳说着,就要将照片扔了。

　　这时,李文军忽然瞄到了照片一角,登时眼睛睁大了。

　　"哎,艳艳,你等一下,照片拿给我看看。"

　　薛明艳顿了一下,然后把照片递给李文军,说:"你是不是发现了什么?"

　　李文军盯着照片,皱着眉想了一会儿。

　　几分钟后,李文军的眼眸中闪烁着异样的光芒,同时兴奋地说:"我知道了,看来我没看错。"

　　薛明艳看着李文军一脸高兴的样子,不解地问道:"找到什么了?"

　　李文军指着照片上的一角,说:"喏,你看这里。"

　　薛明艳看见照片里的桌子上放着一摞应聘者的求职简历。因为太模糊,她只能依稀地看见最上面求职者的名字，好像叫罗峰。

薛明艳一头雾水地看着李文军，问道："文军，这是什么意思？"

李文军解释说："你有所不知。这个罗峰，是北极星科技公司研发部门的一名技术人员。之前，我让陈明调查北极星科技公司人员名单的时候，曾看到过他的信息，当时我没怎么在意。"

薛明艳点点头，然后说："我想起来了，好像确实有这么一个人。但他只是一个普通的研发人员。在北极星科技公司，这种员工有很多。我们也都——调查过，没什么问题。"

李文军微微动了一下嘴角，说："没什么问题？我看是他隐藏得很深。"

"文军，我不明白。就因为这张照片中出现了罗峰的简历，你就一口咬定他就是泄密的人？"

李文军意味深长地说："如果只是罗峰的简历出现在这里，确实说明不了什么。但你仔细观察一下，罗峰简历所在桌子上的公司商标。"

薛明艳再次拿起照片仔细看了起来。照片上的东西实在是有些模糊，她看了半天，才意识到桌子上的标识居然是海想科技公司的标识。意识到这一点后，薛明艳的心里充满了惊讶。

李文军摸着鼻梁，得意地笑道："我正愁找不到调查的方向呢！没想到于兴居然给我送来了这么一份大礼。"

薛明艳听李文军这么一说，心里也十分高兴。虽然还不能确定罗峰是否就是泄密的人，但他们毕竟已经有了调查的方向。她由衷地叹了一口气："文军，这张照片在于兴手里这么久，他都没有发现这么重要的线索。所以说，从事信息咨询行业是需要天分的，你天生就该从事这份工作。"

李文军听到这些，没有说话。他知道这世上没有天分之说，有的只是无法对人言说的努力和付出。

第四节　灯下黑

　　回到公司后，李文军立刻召集所有人开会，开始给大家重新布置任务。
　　第二天，李文军化名唐天，以技术工程师的身份进入北极星科技公司调查。李文军在公司里特别留意了一下罗峰。
　　罗峰，年龄二十七岁，性格内向，文文弱弱，一副胆小怕事的模样。这个人，无论从哪方面看，都不像是泄密的人。甚至，李文军都怀疑自己的判断是不是出错了。
　　一连在北极星科技公司工作了几天，李文军从各个渠道了解到，罗峰平常非常低调，脾气很好，和同事之间的关系非常融洽，几乎没人背后说他坏话。而且，他生活规律，工作积极，非常看重家庭。可以说，他是个没任何缺点的人。
　　可是，罗峰越是平常，李文军就越是怀疑他。每个人都有缺点，通常情况下，只有一种人是完美无缺。那就是，他的完美是自己塑造出来的。也就是说，完美是一种伪装。根据犯罪心理学上所说，一个人想要犯罪，会极力伪装自己，尽量让自己看起来不显眼。而罗峰的完美，很有可能就是隐藏自己犯罪的手段。
　　李文军眼下要做的，就是要从细节上找到罗峰伪装的蛛丝马迹。
　　虽然李文军在罗峰身上下了很大的功夫，但半个月过去了，罗峰还是没有露出任何破绽。李文军感受到了前所未有的挫败感，却也无能为力。就在他一筹莫展的时候，突然发生了一件事。
　　这天中午，李文军和几个北极星科技公司的高管正在会议室里开会。罗峰却突然冲了进来。此时，李文军正指着电脑，讲着会议内容。
　　当李文军看到罗峰进来，脸色陡变。生气地说："罗峰，你懂不懂礼貌啊？不敲门直接进来，你难道不知道我们在开会吗？"

罗峰顿时惊慌失措起来，连忙给李文军道歉："对不起。我……我刚才还以为……"

"你以为，你以为什么？"李文军依然气势汹汹，转头看着几个高管，怒气冲冲地说："你们是怎么管理自己下面的人的？咱们今天开的什么会议，你们难道不知道吗？这些可都是核心的机密信息，绝对不能让外人看到的。"

其中一个高管连忙赔笑道："唐工，话也不能这么说。今天我们商量的信息还没有经过验证，谁知道你说的建立网络安全关系网能不能实现。况且，罗峰又不是外人。如果连他都信不过，那我还真不知道……"

"我再重申一遍，我现在不会轻易相信任何人。咱们公司现在什么情况你们不知道吗？这个软件可是咱们公司目前最重要的，绝对不能有任何闪失。我可不想在这关键时期，再次遇上软件数据泄密事件。"李文军态度强硬地打断高管的话。

罗峰看到李文军生气的样子，连忙说道："对不起，是我不好。我这就出去，不打扰大家开会了。"

李文军看了罗峰一眼，说："嗯，这还差不多。"

一整天，李文军死死地看着自己的电脑，就连上厕所都要带着电脑。直到晚上八点，李文军依然待在办公室里。时不时，还会打几个电话，假装自己很紧张的模样。

时间过得非常快，此时已经是晚上十点多了，李文军却依然没有要走的意思。尽管他哈欠连天，却依旧不放下手上的电脑。

忽然，李文军的手机响了。

李文军刚一接通，就听到有个人惊慌地说："不好了，唐工，你的车好像被人砸了。"

"什么？我的车！"李文军听到消息后，顿时惊慌失措，挂了电话，二话不说就跑了出去。

李文军跑到地下车库的时候，看到自己车子正在响着警报。驾驶座的车门，已经被砸了一个大坑。

李文军顿时气愤难当，恼怒地喊道："这是谁干的？我跟你有仇吗？"

李文军在地下车库找了半天，又大声骂了几句，还是没有人理会他。他叹了一口气，转身回到办公室。

回到办公室后，李文军立马打开电脑，打开几个文件后，嘴角露出了一抹浅笑。

第二天中午，罗峰刚吃了饭，忽然有人过来告诉他，李文军要见他。

此时的罗峰根本不知道发生了什么事，一脸平静地走进李文军的办公室。

看到李文军端坐在椅子上，一边喝着咖啡，一边悠闲地摆弄着电脑。

罗峰走上前来，恭敬地说道："唐工，您找我啊？"

李文军抬头看了罗峰一眼，笑了笑，说："是罗峰啊。来，快点儿坐。"

罗峰应了一声，随即拉开办公桌前的椅子，坐了下来。

"唐工，有什么事情，您就吩咐吧。"

李文军笑了笑，摆摆手，说："罗峰，你太客气了。吩咐可谈不上，我就是有一个问题想问你。"

"什么问题？您问吧。"罗峰笑了笑，淡定地说道。

李文军放下了咖啡，手摸着鼻梁，想了一下，说："罗峰，昨晚你从我电脑里窃走的资料，你看完了没有？不知道你对这份资料，有什么要说的吗？"

"这……唐工，您这话，我怎么听不明白啊？"罗峰脸上掠过一抹惊慌,随即就恢复了正常。

"是吗?你是真的听不明白吗?"李文军轻笑了一声,说,"罗峰,你不承认没关系。我给你看样东西。"

李文军在电脑上点了几下,然后将电脑转过来,面对着罗峰。

电脑里播放着一段视频,正是昨天晚上罗峰潜入李文军办公室偷走电脑里的资料的全过程。

罗峰看到那一幕,顿时傻眼了。

"这……这……这是怎么回事?"

李文军微笑着说:"罗峰,我实话跟你说吧。根本没有什么商业资料,昨天我只是和你演了一场戏,没想到你居然真的上当了。"

"唐工,我……"罗峰顿时百口莫辩,但还在试图挣扎。

李文军嘴角泛起一抹浅笑:"罗峰,你不用解释。对了,你还不知道吧?昨天你从我这里偷走的资料里被我植入了木马,现在我已经掌握了你给海想科技公司发送软件信息的邮箱地址。如果不信的话,我可以给你看看。"

"不!我……我不相信。"此时的罗峰像泄了气的皮球一样,无力地靠在椅子里。

几秒钟之后,罗峰像是想起了什么,缓缓地抬起头来,说:"唐工,你根本就不是什么软件工程师。我要是没猜错的话,你就是李文军吧?"

李文军想了一下,点了点头,说:"恭喜你,猜对了。但是已经晚了!"

罗峰拍了一下额头,有些懊恼地说:"我真是太傻了!我早该想到的。其实,从你来到公司的时候,我就怀疑过你。不过,因为知道你安排了一个叫刘杰的人偷偷来公司调查,所以我就对你放松了警惕。但没想到,你居然会光明正大地来到公司调查。是我小看你了。"

"过奖了。其实你也很厉害,只不过'灯下黑'的道理虽然人人都知道，但还是有人不停地忽略这个问题。"李文军轻笑了一声。

"栽在你的手上，一点儿都不亏。"罗峰此时倒是很坦然，一点儿没有惊慌失措的表情。这一点倒是出乎李文军的意料。

虽然北极星科技公司的项目已经圆满解决，但李文军的心头总是有一种患得患失的感觉。

两天后，刘泽星和车雪晴来找李文军，说是要答谢他。

刘泽星除了将此次项目的佣金转给李文军外，又多给了他一笔奖金。

李文军看到账户里的钱，感到有些意外，问道："刘总，你这是什么意思？"

刘泽星干笑了一声，说："文军，这是一点儿小意思。"

李文军皱了一下眉，从刘泽星的神情，他已经知道了刘泽星的想法。于是问道："刘总，你是不是有什么话想要和我说？"

刘泽星犹豫了一下，说："文军，是这样的。你有没有重新回到北极星科技公司的想法。如果你愿意回来，信息部总监的职位还是你的，另外酬劳比以前多一倍。怎么样？"

李文军的心里有些不是滋味，对于北极星科技公司，他心里是有感情的。但想到自己现在的生活，他还是摇了摇头，说："对不起，刘总，谢谢你的好意。但是，我觉得眼下挺好的。"

车雪晴看了一眼刘泽星，淡淡地说："泽星，你就省省心吧。之前我也和文军说过这件事，可是他回绝得很坚决。"

刘泽星闻言，显得有些无奈，叹口气说："好吧，既然你执意如此，那我也不好再多说什么。不过，我们北极星科技公司的大门，随时向你敞开。"

虽然，泄密事件解决了，可是，北极星科技公司的状况却依然不容乐观。这几天，李文军经常在新闻上看到北极星科技公司的负面新闻。

不过，令人意外的是，刘泽星却很乐观。一方面，他高调宣布公司将要东山再起。与此同时，他极力扩大公司规模。这些措施，让北极星科技公司在和海想科技公司的竞争中，更加处于劣势的状态。

而更让大家大跌眼镜的是，刘泽星宣布要和海外的一家科技公司进行深度合作。但是，这家公司在研发能力上显然不能和北极星科技公司相比。

虽然李文军已经不是北极星科技公司的职员了，可是看到公司衰落到如今的境地，李文军的心里多少有些惋惜。

第十章　扑朔迷离

第一节　难以置信

这天中午，李文军吃完饭，见陈明聚精会神地盯着电脑屏幕。

李文军好奇地走了过去，笑道："陈明，你是不是走火入魔了？怎么还不去吃饭啊？"

陈明转头看了一眼李文军，说："李总，我等会儿再吃。"

李文军看了一眼电脑屏幕："你怎么还在看罗峰的邮箱啊？"

陈明指着一封邮件，说："我发现罗峰这家伙太有才了，他居然还写小说，写得还不错。"

"是吗？没想到这家伙居然有这爱好。"李文军随口感叹了一句。

陈明打开一封邮件，发现不是小说，刚想关闭页面。

这时，正准备离开的李文军，突然转过身来，说："陈明，别动！"

陈明被李文军的反应吓了一跳，转头直愣愣地说："怎么了？李总，这不过是一封罗峰发给海想科技公司的信，也没什么新奇的。"

"不,我没说这封信有问题。而是这是一封原本发给另一个人的信。你看,下面还有回执的网址。很显然,这封信是罗峰通过技术手段拦截的。"

陈明看了一下,说:"是啊。不过,这信也没什么价值啊,只是说了一句'一切都好'。"

李文军手托着下巴,沉思片刻,说:"你看看这封信原本的发件人——8135L,你能看出什么端倪不?"

陈明摇摇头,困惑地说:"这能看出什么?"

李文军接着说:"那原本的收件人呢?YMD?你看看这个,能看出什么吗?"

陈明看到这几个字母,顿时有些头大。他摇摇头,说:"李总,我实在没看出蹊跷。不过,如果这个邮箱是频繁使用的,我倒是可以查到它的IP地址。"

"很好,陈明。立刻查清楚这两个邮箱的IP地址。记住,信息越详细越好。"李文军显得有些激动。

陈明诧异地看了看李文军,不解地问道:"李总,你干吗查这些东西?北极星科技公司的项目不是已经结束了吗?咱们还是别浪费精力了。"

"结束了?不!我感觉这个项目没结束。"李文军微微摇摇头,若有所思地说道。

陈明也不好再多说什么,当下就开始着手调查。

这天晚上,李文军接到刘泽星打来的电话。说周末是他生日,同时也是他和车雪晴的结婚纪念日,所以他在酒店办了酒宴,邀请李文军过去。

本来,李文军是没打算去的。可是,薛明艳非要跟着去凑热闹。李文军也知道,薛明艳有自己的小心思。没办法,他只好带着薛明艳去了。

周末,李文军和薛明艳赶到酒宴的时候,见酒店大厅里已经聚集了很多人。甚至，还有不少外国人。李文军看着大厅里走来走去的人都在用英语交流，甚至怀疑自己是不是来到了国外。

没多久，刘泽星和车雪晴手挽着手走到舞台上。在璀璨的水晶灯映照下，他们看起来十分般配，犹如王子和公主一般。

薛明艳看到这一幕，眼睛里自然而然流露出几分艳羡。她拉了一下李文军，带着调侃的口气说："文军，来参加前女友的结婚纪念日，不知道你有什么感想呢？"

李文军瞪了薛明艳一眼，没好气地说："艳艳，我今天可是陪你来的，要不然我才不来凑这种热闹。你要是再调侃，我可就走人了。"

薛明艳见状，赶紧拉着李文军："好好好，我不说了，还不行吗？"

"哟，你们这是说什么悄悄话呢？秀恩爱都秀到这里来了。"这时，刘泽星挽着车雪晴走了过来，笑吟吟地说道。

薛明艳看了他们一眼，微微一笑，说："刘总，你这话可就言过其实了。要说秀恩爱，那今天可是你们俩秀得最多的。我今天才发现你们俩还真是天造地设，着实太般配了。"

车雪晴听到薛明艳这话，脸色瞬间变得难看起来。

李文军担心薛明艳把氛围搞僵，于是赶紧岔开话题，道："刘总，祝你生日快乐。不过我这记性，居然忘了你今年多大了。"

刘泽星笑着说："我今天满三十六岁了。时间过得真快啊！我现在就是一个中年男子了！"

"刘总这话严重了。你看起来一点儿不像是三十多岁的人，倒像是二十多岁的年轻小伙儿。"李文军随口说道。

刘泽星笑了笑，说："还是文军会说话。不过我确确实实三十六岁了，身份证上清清楚楚地写着一九八一年三月五号出生，我就是再年轻，也骗不了自己啊！"

刘泽星这话说完,自己哈哈大笑起来。

李文军刚想说话,突然想到了什么,让他整个人都愣住了。

"文军,你怎么了?"车雪晴注意到了李文军的异样,忍不住问道。

李文军回过神来,赶紧说道:"没什么。"

"刘总,幸会幸会。祝你生日快乐,祝你和你的妻子恩恩爱爱,白头偕老。"此时,一个中年男人端着一杯酒走了过来,用不流利的中文冲刘泽星说道。

刘泽星上前和中年男人握了握手,笑吟吟地说:"山田先生,你真是太客气了。"

中年男人转头看了看李文军,疑惑地问道:"敢问这位先生是……"

刘泽星拍了一下额头:"哎呀,瞧我这脑子。来,我给你们做个介绍。"

通过刘泽星的一介绍,李文军得知,中年男人叫山田正二,正是和北极星科技公司合作的那家海外科技公司的总经理。

李文军和他们寒暄几句,山田正二和刘泽星就一起走了。

看着他们的背影,李文军的眉皱成了一个疙瘩,脸色更是十分难看。他的脑子里,不断浮现着"YMD"这三个英文字母。想了许久,他忽然眼睛一亮,拉着薛明艳的手转身就走。

薛明艳被李文军的反应吓了一跳,连忙问道:"文军,出什么事情了?"

李文军缓缓地说:"艳艳,我们赶紧回去,我发现了一件大事情。我们得赶紧回去调查清楚。"

"到底什么事情啊?"薛明艳一头雾水。

两人走到酒店门口的时候,忽然被车雪晴拦住了。

车雪晴看着李文军,柔声笑道:"文军,你这刚来,怎么就要走啊?"

李文军抬眼看了车雪晴一眼,迟疑了一下,说:"雪晴,对不起,我有些不舒服,我们先走了。"

"不舒服，那要不要我送你？"车雪晴闻言，有些担忧地问道。

"不用了，我们能自己回去。"李文军笑了笑，随即就和薛明艳走了。

看着两个人的背影，车雪晴的嘴角勾起了一抹阴沉的笑容。

一路上，薛明艳不断地追问李文军究竟发生了什么事情，可是他却三缄其口，什么都不说。

一直到公司，李文军才转头看了一眼薛明艳，说："艳艳，你还记得我们在宏达会所看到张宇坤吗？"

薛明艳点点头，说："我当然记得，我们当时不是还怀疑张宇坤是到那里和人接头的吗？"

"是的，但后来张宇坤告诉我，他之所以会出现在那里是因为得知有人会将北极星科技公司的软件信息卖给别人，他是去宏达会所调查的。"

"不就是罗峰吗？"薛明艳疑惑地说。

"之前我也以为张宇坤说的人是罗峰，可是我现在发现好像并不是这样。"李文军的神情充满了不安。

李文军刚要说话，手机忽然响了。打开一看，是陈明打来的。他刚接通，就听到陈明非常兴奋的声音。

"李总，我查到了！"

"你在家吗？"李文军赶紧问道。

"在啊。今天不是周末吗，我不在家还能在哪儿？"陈明回答道。

"陈明，我和艳艳现在在公司，你赶紧过来一趟。"

陈明来到公司，看见薛明艳和李文军两个人一脸严肃地站在他的工位前。

李文军看到陈明，率先问道："陈明，你先别说，让我来猜猜看。发件人是不是刘泽星，收件人是不是一个叫山田正二的外国人。"

陈明惊愕得睁大了眼睛，不敢相信地看着李文军："李总，你可真是太神了,你怎么知道的?"

李文军笑了一下,说:"推测出来的。发件人叫 8135L。前面的数字,是刘泽星的生日,而最后的 L,则是他的姓的第一个字母。收件人叫 YMD,这就更简单了。山田的英语叫 Yamada。"

陈明朝李文军投来钦佩的目光,问道:"李总,你是从哪儿知道山田正二这个人的?"

李文军也觉得有些无语,没想到事情居然真的这么巧合。

"还不是你们薛总非要去参加刘泽星的酒宴,我在酒宴上见到了山田正二。"话说着,李文军转头看了一眼薛明艳。

薛明艳看了李文军一眼:"你这话什么意思?要不是我你能发现这么大的线索?"

李文军连忙说:"是是是,你说得太对了!"

薛明艳也没有继续追究,而是担忧地说:"文军,我觉得我们的猜测实在太让人难以置信了!刘泽星可是北极科技公司的副总经理,这种监守自盗的事情,他怎么可能去干呢?"

李文军微微皱了一下眉头,轻叹了口气,说:"艳艳,眼下我也只是推测,但我相信应该没错。这样,陈明,你立刻调查一下,这个和北极星科技公司接洽的公司什么来头?他们和北极星科技公司接触有多久了?"

陈明笑着说:"我早就调查清楚了,三个月前,他们就开始接触上了。"

李文军看了一眼薛明艳,嘴角一提,笑着说:"艳艳,如果我没记错的话,三个月前正是我们跟踪贾似飞到宏达会所,看到张宇坤的时间。"

"这……"薛明艳回想了一下,最后无奈地说,"文军,我实在不明白,他为什么要这么干?"

陈明接话道:"这还不简单!你看看北极星科技公司现在成什么样了,经营不善,各种丑闻缠身,股价更是一落千丈。刘泽星估计也觉得没希望了，就想着典卖家当，给自己留条后路。"

李文军知道陈明说的都是真的，但心里还是有种说不上来的滋味。他皱着眉，说："别说那些没用的，我们现在首要做的，就是要调查清楚，要拿到证据。唉，我是真的希望是我错了。"

薛明艳明白，李文军对刘泽星有着一种复杂的情感。虽然刘泽星一手将他送进监狱，但对于刘泽星的工作能力，他是认可的。当初他在北极星科技公司的时候，两人一起携手，将北极星科技公司带到国内首屈一指的地位。

"文军，别想太多了。"薛明艳安慰道。

李文军看了薛明艳一眼，淡然一笑。其实，他现在只有一个念头，无论如何，绝对不能让山田正二拿到"雷豹"的信息，否则他之前所做的一切都付之东流了。

第二节 虚伪的婚姻

经过几天的调查，李文军发现，短短一个月的时间，刘泽星和山田正二签订了很多合作项目。但奇怪的是，刘泽星和山田正二私底下，却鲜有往来。看起来，他们俩除了公事，也没什么私交。

越是如此，李文军越觉得蹊跷。就在李文军没有头绪的时候，他有了一个意外的收获。

这天晚上，已经十点多了，刘泽星在结束一个饭局之后，开车去了一个小区。不过，他并没有进去，而是在小区门口接上一个女子后，来到一家KTV。

两人举止亲密，犹如热恋中的情侣一般。他们进去后不久，李文军和薛明艳也跟了过去。

薛明艳一边走，一边骂道："真是太可恶了！这个刘泽星，前阵子刚举办完结婚纪念日，转眼就和别的女人亲亲热热。"

李文军叹了口气，幽幽地说："看来，雪晴这些年过得不好。"

"哟，心疼你的前女友了？"薛明艳立马瞪了李文军一眼，酸溜溜地说道。

"艳艳，你胡说什么呢！好了，我们赶紧过去，看看刘泽星见了谁。"

两人通过询问服务员，找到了刘泽星所在的包间。但包间的门上并没有窗户，李文军在外面什么都看不见。

李文军站在包间门口想了一会儿，随即推开了包间门，然后转头看了一眼薛明艳，说："艳艳，是这个包间吗？"

李文军的话音刚落，就见里面的刘泽星站了起来，吃惊地看着他，叫道："咦，文军，你怎么来了？快点儿进来！"

李文军往包间里扫了一眼，发现除了刘泽星和那名和他一起过来的女子，山田正二也在里面，还有一个女子，一共四个人。

李文军做出一副吃惊的样子，连忙说："哎呀，这不是刘总吗！好巧啊，你和山田先生在这里唱歌呢？"

此时，刘泽星已经走了过来，冲李文军笑道："是啊，大家就是随便玩玩，一起来吧。"

"这怎么方便呢！"李文军忙说，"你和山田先生要是谈什么重要的事情，那我在这里就太碍眼了。"

"没有啦，李先生，你是刘总的朋友，就是我的朋友，咱们之间就别见外了。"山田正二也站了起来，走到李文军身边。

"不了，我是和公司的同事一起来的。刚才出来上厕所，结果找不到包间了。你们玩吧,我就不打扰了。"李文军笑了一声,拉着薛明艳走了出来。

没走多远,薛明艳轻轻问道:"文军,你说他们在包间里会不会……"

李文军看了薛明艳一眼,说"别着急,咱们看看再说。"

大约一个小时后,刘泽星跌跌撞撞地从包间里走出来,看起来他喝了不少酒。出来后,他直接去了洗手间。

李文军随后跟了进去,拍了一下刘泽星的肩膀。

刘泽星回头看见李文军,打了个酒嗝,断断续续地说:"文军,咱们还真是有缘啊,上个洗手间都能同步。"

李文军附和地笑了一声,说道:"谁说不是呢!"随即又问,"刘总,我看你包间里的女人好像不是雪晴啊!怎么了?你们吵架了?"

"哎,文军,出来玩,干吗老提不开心的事?再说了,车雪晴这个人实在太不识抬举了。现在她成了静海医药公司的总经理,居然想让静海医药公司摆脱北极星科技公司独立存在,你说她是不是得寸进尺。我必须给她个教训,让她清楚自己到底几斤几两!"

虽然,刘泽星说的是醉话,可还是让李文军暗暗吃了一惊。真没想到,刘泽星和车雪晴之间,竟然有着这么深的矛盾。看样子,他们俩早就已经貌合神离了。

本来,李文军还想再问一下其他事情。可是还没开口,外面传来女人叫刘泽星的声音。刘泽星随后拍了一下李文军,跌跌撞撞地出去了。

出来后,李文军的心情非常复杂,甚至带着几分沉重。很多过往的点滴,不知为何在此时忽然都翻涌上心头。那是昔日和车雪晴在一起的画面,李文军以为自己已经忘记了,没想到今天又都想了起来。

想到如今车雪晴的婚姻生活如此悲惨,还失去了孩子,李文军的心头生出一丝疼痛来。

这一晚，李文军失眠了。

次日中午，李文军犹豫了许久，还是给车雪晴打了一个电话，约她出来见面。

车雪晴没想到李文军会主动约她，很痛快地答应了下来。

二十分钟后，两人在一家餐厅里见面。

车雪晴坐下来后，满脸欢喜地看着李文军，问道："文军，你怎么突然想起约我出来了？"

李文军看了看车雪晴，迟疑了一下，说："雪晴，这些年你和刘泽星过得怎么样？"

"你……你怎么突然问我这个。文军，你是关心我吗？"车雪晴有些激动地看着李文军。

李文军连忙说："雪晴，你……你别误会。唉，怎么说呢。算了，我还是和你实话实说吧。"

当即，李文军将昨晚遇见刘泽星的情况说了一遍。让李文军深感意外的是，车雪晴倒是非常淡定，尤其是得知刘泽星要给她教训的时候，她显得无比淡定。

车雪晴平静地说："文军，其实，我早就知道了。不过，我也不能去改变什么，一切就随他去吧。"

"可是……"

"文军，刘泽星连自己孩子的身份都怀疑，你觉得我们之间还有挽回的可能吗？"车雪晴打断了李文军的话。

"你的意思是……"李文军突然想到了一种可能。

车雪晴苦笑了一下，说："我怀孕的时候正好是你出狱那段时间，你说刘泽星会怎么想？"

李文军明白了车雪晴的意思，一时间不知道该说什么好。

"好了，我们不提那些不开心的事情了。你能约我出来，我非常高兴。"

李文军知道自己再说下去也没什么意义，只好选择沉默。但是看着车雪晴平和的神情，李文军心里反而更加难受了。他在心里不断提醒自己，他就要和薛明艳结婚了，对于车雪晴，他不能过分关心。

"文军，如果……如果当初我不做出那些事情，那么和你结婚的人，一定就是我吧。"车雪晴突然抬起头，盯着李文军问道。

李文军愣了一下，但迅速回过神来，干笑了一声："雪晴，过去就过去了，我们还是别提了。"

"对不起，是我失态了。"车雪晴掩饰了一下自己的窘态，随即说，"文军，你们公司最近都忙什么呢？"

"也没忙什么。"李文军随口说了一句。其实，他也犹豫了一下，是不是要将刘泽星涉嫌泄露北极星科技公司机密的事情告诉车雪晴。但想了想，终究还是算了。

倒是车雪晴，像是想起了什么，说："对了，文军，你下午要是没事的话，我想请你帮个忙。泽星办公室刚换了一套沙发，我担心有问题，所以请你帮忙检查一下。"

李文军有些意外，心想，车雪晴什么时候变成这样了？刘泽星这么对付她，她居然还如此关心刘泽星。但想了一下，他还是答应了下来。

下午，车雪晴和李文军来到刘泽星的办公室。刘泽星因为参加会议，没在公司。但车雪晴毕竟是刘泽星的妻子，所以秘书也算是客气，他们顺利地进入刘泽星的办公室。

车雪晴将李文军带到办公室后，就在办公桌前坐下，然后拉开抽屉，一边翻看着里面的东西，一边对李文军说："文军，你可要仔细检查一下。上次的泄密事件，真是太让人担心了。"

李文军应了一声，当即检查了起来。

李文军里里外外地检查了好一番,也没检查出来什么。这时,车雪晴看了他一眼,说:"文军,你方便的话,也来检查一下办公桌吧。我上个洗手间,随后就来。"说着,起身就走了。

李文军想要推脱,但是车雪晴已经走远了。

没办法,李文军只好检查起来。可是,他万万没想到,刚刚打开抽屉,就发现里面有一份资料,上面是"雷豹"的产品信息。

李文军忍不住翻看了一下,发现这份资料里记载的东西,非常翔实。虽然刘泽星是北极星科技公司的副总经理,但是对于公司还未上市的产品信息,就算是总经理,也没权利将资料带出研发中心。那么刘泽星的办公室里怎么会有这份资料呢?李文军的心里不安起来,他觉得自己就快要接近事实的真相了。

李文军没有继续往下想,他知道,这些资料,基本上是印证了自己的猜测。

李文军关上抽屉后,一抬头,见电脑屏幕不知何时亮了起来。屏幕上面,显示着一个网页。李文军暗暗吃惊,这居然是刘泽星的电子邮箱页面。

李文军看到邮箱列表里,有很多是山田正二发来的邮件。可以想象,两人在别人看不见的地方,有着很多联系。

李文军看着电脑页面,犹豫了很久,最终还是没有动电脑。

就在这时,外面忽然传出争吵声。

"咚"的一声,办公室的门被踹开了,只见刘泽星气冲冲地闯了进来。

刘泽星一看到李文军站在自己办公桌前,脸色登时变得异常难看,生气地叫道:"李文军,谁让你来我办公室的?你知不知道你这是什么行为?你已经严重侵犯了别人的隐私。我要是告你的话,你能想象会有什么后果吗?"

李文军刚想解释,车雪晴从外面走进来。她狠狠瞪了一眼刘泽星,大声叫道:"刘泽星,你可真是不知好歹!文军是我带来的,要抓就抓我吧。"

"你!车雪晴,你不要太过分。"刘泽星忍不住握紧拳头,瞪着车雪晴愤然叫道,"我之前警告你多少次了,没有我的允许,不准擅自进我的办公室,更不准乱动我屋子里的东西。怎么,你是把我的话当耳边风了吗?"

"哟,刘泽星,我还没有责怪你在外面花天酒地,你居然倒打一耙!"车雪晴狠狠瞪了刘泽星一眼,转头看了一眼李文军,说:"文军,我们走。这个不识好歹的人,亏我们刚才帮他检查。"

李文军此时着实有些尴尬,夹在这对夫妻之间,他感觉自己左右不是人。李文军看了一眼刘泽星,说了一声"抱歉",随即和车雪晴走出办公室。

从北极星科技公司出来后,车雪晴神秘地将李文军拉到一边,然后压低嗓门,小声说:"文军,你刚才查出来什么没有?"

"查……查出什么?"李文军心里一惊,难道刚才车雪晴是故意去洗手间,好让他有时间调查刘泽星的吗?

车雪晴拍了一下李文军的肩膀,说:"你还跟我装糊涂呢!当然是刘泽星出轨的证据。比如什么照片,礼物之类的。"

李文军有些哭笑不得,他没想到,车雪晴居然是让他调查这些。

"雪晴,我没看到那些东西。不过,你今天是不是故意打着让我检查他办公室的幌子,去调查这些事情的?"

"不然呢?哼,我得找到这些证据。到时候,一旦我们离婚,我就能掌握主动权。"车雪晴握紧拳头,恶狠狠地说道。

李文军叹口气,说:"雪晴,你犯不着这样。再说了,我……我又不是私家侦探。你……你以后还是不要找我帮忙了。"

车雪晴闻言,掩着嘴"咯咯"笑了一声,说:"好好好,不过,文军,你到底有没有查到什么?"

李文军看着车雪晴，心里有些疑惑。他迟疑了一下，说："能有什么啊？我还没打开抽屉呢，结果刘泽星就进来了。"

听到这里，车雪晴不免叹了口气，显得惋惜地说："看来，我该多拖住他一些时间的。"

李文军闻言，摇了摇头："雪晴，你怎么不明白我的话呢。你这样去搜查人家，这是侵犯他人的隐私，懂吗？"

"好了，文军，我知道了，不用你来教我。"车雪晴冲李文军一笑，随便敷衍了一句。

李文军看得出来，车雪晴是将他的话当成耳边风了。不过，他也不好多说什么，毕竟人家夫妻的事，他一个外人，不应该过问太多。

第三节　幕后的推手

回到公司，李文军忽然发现气氛有些不对劲儿，大家都用异样的目光看着他，仿佛出了什么大事。

李文军走到宋佳佳身边，忍不住问道："佳佳，发生什么事了？你们为什么用这种眼神看着我？"

宋佳佳四下瞄了几眼，压低了嗓门，小声说："李总，你今天是不是和车总出去吃饭了？"

"是啊，我们谈了一些公事。"

"公事，不见得吧。"宋佳佳闻言，讪笑道。

李文军忙说："佳佳，你这话是什么意思？我的确是去谈公事了。"

宋佳佳掩嘴偷笑说："李总，你跟我解释有什么用？要薛总听进去才行啊！"

"佳佳，你说什么呢？是不是不用上班了！"这时，薛明艳办公室的门打开。她铁青着一张脸，双臂抱在胸前，狠狠地瞪着宋佳佳。

宋佳佳看了一眼李文军，赶紧低头工作，再不敢多说一句。

李文军看着薛明艳的脸色，就知道怎么回事了。他一手插进裤袋，一手摸着鼻梁，无奈地解释道："艳艳，我今天出去……"

"李总，上班时间不要谈私事。我可没你那么闲，还有时间见前女友！"薛明艳冷着一张脸，语气也极尽讽刺。

李文军看到公司其他人都在偷笑，赶紧走到薛明艳身边，小声地说："艳艳，你能不能别说了。当着这么多同事的面，你也不怕丢人。"

"丢人？你还知道丢人啊！你去见前女友的时候，怎么不见你怕丢人啊！"

"薛明艳，你还有完没完了！我再说一遍，我去见雪晴是为了公事。"

"怎么着！李文军，你还想跟我吵架吗？好啊，来啊，只要你不怕丢人现眼，那就来啊！"

薛明艳显然是憋了一肚子的火，情绪异常激动。

李文军见势不妙，担心再聊下去会让办公室的人看笑话。于是赶紧拉着薛明艳往自己的办公室走去。

薛明艳使劲儿挣扎了几下，可还是被李文军拉了进去。

"你拉我进来干什么？有什么见不得人的话，不敢在外面说啊？"薛明艳用力挣脱了李文军，冷冰冰地说。

李文军见状，苦笑了一声，赶紧握着薛明艳的手，赔礼道歉道："艳艳，你先别生气，听我说完今天的遭遇再说。"

"好，我倒是想听听，你和前女友有什么见不得人的事。"薛明艳坐在沙发上，摆出一副洗耳恭听的模样。

虽然薛明艳的话有些难听，但李文军也不想在这件事上纠缠。他摇了摇头，将今天的事情说了一遍。

薛明艳听完，也顾不上生气，吃惊地说："这么说，你今天可是有意外收获啊！"

李文军紧锁着眉头，点点头，说："算是吧，尽管我没打开那些邮件，但我相信，那些邮件里面一定是刘泽星发给山田正二有关'雷豹'的信息。"

薛明艳略一沉思，困惑地说："若是按照你说的话，刘泽星和山田正二之间已经完成了交易。那为什么资料还在刘泽星的办公室里呢？"

"这个……"李文军下意识地摸了摸鼻梁，"我要是没猜错的话，应该是他们之间还在谈判，可能山田正二开出的条件，还不足以让刘泽星铤而走险。"

"明白了，刘泽星是在待价而沽。"

"艳艳，这阵子，我们除了公司里的项目，一定要多多留意北极星科技公司。如果真的证据确凿，我们一定得想办法阻止刘泽星。"

薛明艳应了一声："好的，我知道了。"

看着薛明艳的脸色缓和了很多，李文军松了一口气。他刚想和薛明艳说些甜言蜜语，好让薛明艳彻底忘了他去见车雪晴的事。就听见薛明艳冷冷地说："好了，公事说完了，该说点儿私事了。说吧，你今天约车雪晴吃饭，还没提前和我说，你们都说什么了？"

李文军心里暗暗叫苦，心想，果然是"躲得过初一，躲不过十五"。随后，李文军好话说尽，又是道歉，又是保证的，总算把薛明艳哄好了。

转眼之间，半个月过去了。尽管李文军时刻关注着刘泽星的动态。不过，从各方面来看，刘泽星和山田正二之间的谈判好像一直没谈妥。李文军从一开始的焦急，也逐渐变得冷静下来。

这天中午，李文军和薛明艳刚刚完成了一个项目的收尾工作，才回到公司，前台小姐将一个包裹递给了李文军，说是有人匿名邮寄给他的。

李文军有些意外，谁会给他匿名邮寄东西？

薛明艳盯着包裹看了几眼，开玩笑地说："文军，该不会是你的爱慕者给你邮寄了什么吧？"

李文军瞪了薛明艳一眼，什么都没说，然后迅速拆开了包裹。

不过，让李文军意外的是，包裹里面竟然是一份资料。确切地说，是刘泽星和山田正二进行交易的资料。包括他们来往的电子邮件，还有一些社交软件上的聊天记录。甚至，里面还有一个录音笔。

李文军打开录音笔，没想到里面居然是刘泽星和山田正二聊天的录音。录音里，二人正在谈论有关"雷豹"的相关信息。

听完录音后，刘杰无比震惊，许久才说："李总，这些已经可以证明刘泽星确实出卖了北极星科技公司的商业机密。如果把这些资料交给警方，那么刘泽星很有可能将会被逮捕。"

李文军点点头，说："我知道，不过我关心的不是这个，而是这些资料究竟是谁邮寄给我们的？"

薛明艳补充说："还有，这些资料事关刘泽星的前途，刘泽星怎么可能会让人轻易拿到？那么邮寄包裹的人是通过什么渠道和方式获取到这些资料的？"

李文军将资料重新打包起来，严肃地说："这件事情非同小可，我们必须要谨慎对待。"

薛明艳应了一声，说："说得对，看起来有些人想通过我们来对付刘泽星。尽管揭穿刘泽星的所作所为是一件好事。可是，我们也不能随便让人当枪使。万一出了什么问题，有可能我们也会受到牵连。"

李文军看了看众人，说："这件事情大家先不要声张，就当什么事情都没发生过。眼下，我们最重要的事，就是要调查清楚，这份资料到底是谁邮寄来的？"

可是，李文军却将这件事情想得太简单了。

没过一会儿，陈明走进李文军的办公室，报告说："李总，刚刚得到消息，刘泽星和山田正二正式达成了战略性合作协议。而且，刘泽星将于下周二去山田正二的公司进行考察，机票都已经订好了。"

听到这些消息，李文军隐隐感觉到了一丝不安。他猜测刘泽星和山田正二已经谈好相应的条件。而刘泽星所谓的考察，有没有可能是为了逃避法律责任，出逃到国外？

李文军正犹豫着要不要约刘泽星，好好和他谈一谈，让他悬崖勒马。但随后发生的事情，直接将他推到了风口浪尖。

两个小时之后，忽然有几个警察来到明创信息咨询服务公司。他们见到李文军后，其中一个警察说明了来意。

"李总，我们接到了报警，说你掌握了北极星科技公司的刘泽星涉嫌泄露公司核心商业信息的证据。刘泽星的行为，已经严重违反了法律。如果你有他违法犯罪的证据，请你移交给我们。"

李文军被眼前的一切彻底搞蒙了，他总感觉有个人在背后推动这一切的发生。

可是眼下李文军也没有办法，只好将之前那份资料取出来。在交给警察的时候，李文军无意间发现了包裹上有一根头发。他下意识地将头发取出来，却忽然嗅到了一股熟悉的味道。他将头发放到鼻子边，仔细地嗅了嗅。就在这一瞬间，他忽然想到了什么。

"李总，你怎么了？东西能给我们了吗？"这时，警察叫了李文军一声。

李文军恍惚回过神来，干笑了一声，赶紧将资料交给了警察。

另一边，薛明艳连忙解释说："警察同志，我想你们可能误会了，这份资料根本不是我们搜集的证据，而是我们收到的匿名包裹，你们不信可以调查的。还有你刚才说的报警电话，也不是我们打的。"

"这些都没关系，你们放心吧，我们会为举报人保密，保护他们的安全。"警察接过资料，问了他们几句，随即就出去了。

薛明艳还想解释什么，却被李文军叫住了。他淡淡地说："算了，艳艳，这件事我觉得有些蹊跷。"

薛明艳有些气恼，狠狠地攥着拳头，说："可是，我们也不能就这么不明不白的。我总感觉咱们被人耍了，有人这是拿咱们当枪使。"

刘杰走了过来，好奇地看着他们，说："你说，这会不会是北极星科技公司哪个人故意设下的圈套。他知道我们在调查刘泽星。所以，就借刀杀人，让我们公司来背黑锅，替他完成这件事情。到时候，刘泽星的位置空出来，他就可以顺理成章地接替刘泽星的位置。"

陈明意味深长地说："那还真不好说，眼下咱们就看看刘泽星垮台后，究竟谁是北极星科技公司最大的获益人，或许就能知道是谁在背后搞鬼了。"

"我想你们将问题想得简单了，北极星科技公司现在可以说是危机四伏。我从多方面的消息得知，董事会甚至商讨要申请破产保护了。这个时候，谁还愿意接手这个烫手山芋？"文静疑惑地说。

"好了，现在最重要的是要弄清楚，刘泽星到底有没有将'雷豹'的信息泄露出去？"薛明艳打断大家的对话。

李文军叹了口气，说："应该是还没有。如果已经泄露出去，他之前就不会这么大张旗鼓地宣布外出考察，而是选择悄悄地出逃。"李文军的脸色非常凝重。他缓缓地说，"大家都要做好准备，看起来，我们不想惹麻烦，但麻烦却要找上我们了。"

当天下午六点钟,北极星科技公司的副总经理刘泽星因泄露公司商业机密,被警察逮捕的新闻受到广泛的关注。新闻中特意提到明创信息咨询服务公司在此次案件中发挥巨大的作用。

接下来的两天,明创信息咨询服务公司的门口聚集了大量的记者,纷纷要求采访李文军。

李文军早有准备,直接关上了公司大门,对记者一律拒见。

不过,此次事件还在持续发酵。一时间,刘泽星成了众矢之的。而作为他的妻子,车雪晴这段时间召开了记者会,讲述了多年来自己婚姻的不幸。同时她也希望公众给予一些谅解,不要过度报道这件事。看到车雪晴在记者会上痛哭流涕的模样,大家都很同情她。

宋佳佳叹口气,说:"唉,我发现车总其实也是个命运悲惨的女人。作为丈夫的刘泽星没有给她带来任何幸福,还为她带来了灾祸。你说,明明是刘泽星做错事,到头来帮他善后的却是车总。所以说,天下的男人没一个好东西!"

刘杰听到这里,不满地说:"佳佳,你这话我可不赞同啊!你不能一棍子打死所有人啊,不能因为刘泽星是一个坏男人,就让全天下的男人都去背黑锅。"

"好了,你们别吵了。"薛明艳看了看他们,"你们也都是业内数一数二的顶尖高手了,我想大家对新闻都有自己的见解。我们应该知道,再客观的新闻,都会有导向性,而某些人有可能利用公众对他的同情,做出对自己有利的事。"

"薛总,你的意思是说……"刘杰一愣,反问道。

薛明艳摆摆手,说:"我什么都没说,我只是阐述一个客观事实。至于你们怎么想的,你们还是自己判断吧。"

李文军看了看薛明艳,从她的眼神中,李文军知道,薛明艳显然是已经察觉到了什么。但眼下,他们俩虽然都心知肚明,但也不能说什么。

第四节 越狱

次日一早,李文军刚来到公司,陈明立刻跑了过来,不安地说:"李总,出大事了。昨天晚上,刘泽星在监狱里企图自杀,但被人及时发现,现在已经住进了医院。"

"什么,怎么会这样呢?"李文军睁大了眼睛,不敢相信地问道,"那……那他现在如何了?"

"已经脱离了危险,不过……"陈明咬着嘴唇,一副欲言又止的架势。

李文军有些焦急地说:"陈明,你小子有什么能不能一口气说完。"

陈明接着说:"李总,我听人说,刘泽星抵死不承认自己出卖北极星科技公司的商业机密,而且警察去他家里搜查,居然什么都没搜查到。而今天他又出事了,你说有没有可能……"

李文军听懂了陈明的意思,接话道:"那就是说刘泽星会借着住院的机会,趁机出逃?"

陈明点点头,说:"我是这么想的,他估计早就做好安排了。将犯罪证据藏在别处,就等着这次住院的机会,到时候找机会逃出去,让谁也找不到他。"

李文军心里隐隐有些不安,他看了一眼陈明,说:"走,我们立刻去刘泽星入住的医院,必须将你刚才的猜测告诉警察,让他们时刻注意刘泽星的动态。"

陈明拦住了李文军，说："李总，我劝你还是别去了。警察在刘泽星的病房外布置了好几道警戒线。他想出逃，恐怕也没那么容易。"

"那可未必，事情没这么简单。刘泽星这个人我很了解，他要是被逼急了，什么出格的事都干得出来。"李文军想起了昔日和刘泽星竞争北极星科技公司副总经理的时候。

不过，李文军和陈明赶去医院的时候，还是被警察拦住了。警察不仅不听李文军的警告和提醒，反而还怀疑他和刘泽星之间的联系，这让李文军心里十分恼火。

两个人从医院出来后。陈明看了看李文军，忍不住问道："李总，咱们接下来要怎么办？"

李文军想了一下，说："这样，你去叫上刘杰，咱们三人在医院周围布控。我相信，刘泽星一定会想办法出来的。"

陈明点点头，随即就给刘杰打电话，通知他来医院。

连续两三天，医院这边一直相安无事。刘杰有些忍不住了，向李文军询问道："李总，咱们是不是小心过度了。你看，警察布控得那么严实，一只苍蝇都难以飞出来，刘泽星能那么容易逃出来吗？"

李文军看了刘杰一眼，摇摇头，说："刘杰，你是没和刘泽星打过交道。相信我，咱们一定会有收获的。"

鉴于李文军的态度十分坚决，刘杰也不好再多说什么了。

三天后，晚上十点多的时候，大家都有些昏昏欲睡，忽然，医院里燃起了熊熊大火。顿时，整个医院都乱成了一锅粥。各种呼喊声、求救声，以及警报声都响了起来。就在这时，一个清洁工装扮的人，从医院的一个侧门走出来，骑上一辆装着垃圾的三轮车悠然地走了。

不远处，李文军清楚地看到这一幕。刘杰冲李文军投来佩服的目光："李总，你可真是太神了，竟然知道他会来这一手。"

李文军摸着鼻梁，嘴角泛起了一抹自负的笑容："这没什么，只是因为我对他太了解了。"

陈明抑制不住地兴奋，搓着手，说："李总，咱们接下来该怎么干？是不是要去抓住他？"

"不，我们跟着他。我总觉得事情不像我们看到的这么简单。"李文军意味深长地说。

刘杰皱着眉，说："李总，你这话什么意思，现在的情况不是已经很清楚了吗？"

李文军摇摇头，说："不知道，这只是我的直觉。"

刘杰还想说什么，却被陈明拦下来。

随后，三人悄悄地跟在刘泽星身后。

没想到，刘泽星发现了他们。和他们周旋了一会儿后，忽然消失不见了。

这下子，李文军的心慌了起来，心想，自己有些低估刘泽星了。

但李文军想不到的是，这时他收到了一条短信，提醒他刘泽星去了洗浴中心。

李文军虽然诧异怎么会有人知道他在跟踪刘泽星，但此时他也顾不上这么多了，立刻就和陈明、刘杰开车去了洗浴中心。

他们三人到的时候，估计着刘泽星骑着三轮车肯定没有他们快，所以就在门口等着他。没过一会儿，李文军就看见刘泽星出现在洗浴中心的门口。

刘泽星走进洗浴中心，直接进了一间 VIP 包间。

李文军三人眼看着刘泽星走进包间。但因为包间门口有保安在看守，所以他们也没办法靠近。

刘杰见状，有些焦急地说："李总，这可怎么办？"

李文军拍了一下刘杰的肩膀，笑吟吟地说："刘杰，别担心。他进去取了东西，自然是要出来的，咱们在这里等着就行了。"

不过，李文军三人等了半个多小时，依然没见刘泽星出来。

这时候，刘杰和陈明都慌了。陈明担忧地说："李总，这家伙是不是从别的地方逃跑了？"

"这个……我也不好说。"李文军其实心里也很着急，但他表面上，却摆出一副沉着冷静的姿态。

又过了十几分钟，包间的门突然打开了。车雪晴和刘泽星相继从里面走出来。

车雪晴手里拿着一份文件，对刘泽星气冲冲地叫道："泽星，你不能再这样了，迷途知返吧。现在回头，还有机会的。"

"你赶紧把东西给我。"刘泽星试图去抢车雪晴手里的文件，却被车雪晴躲开了。

车雪晴为了防止刘泽星再次争抢，直接将手里的文件撕个粉碎。

"你……我弄死你！"刘泽星像是发了疯一样，抓住车雪晴的头发，狠狠地打她。

李文军三人看到这种情况，迅速冲了上来。

陈明和刘杰将刘泽星拽到一边，李文军则搀扶起车雪晴。此时，她满脸都是血污，看样子伤得不轻。

刘泽星在一边发疯一般挣扎着，不过到底是被制服了。

李文军看着车雪晴，担忧地问道："雪晴，你没事吧？"

车雪晴擦了一把脸上的血污，看了看李文军，摇摇头，说："我没事的，文军，你们怎么来这里了？"

"这……这事情说来话长了。"李文军迟疑了一下，随口敷衍了一句。接着问道，"对了，你和刘泽星到底是……"

车雪晴闻言，表情一下子有些伤感，叹了一口气，说："我今天接到消息，有人说泽星晚上会来这里。本来我以为是谁的恶作剧，但没想到泽星真的越狱来了这里。我刚刚在包间里发现有关'雷豹'的信息，猜到泽星来到这里的原因。所以，我就阻止他，想着不能让他一错再错了。"

车雪晴的话刚说完，那边刘泽星就奋力挣扎着，同时大声叫骂着："车雪晴，你这个狠心的人，你在这里装什么好人！你居然敢阴我，我不会放过你的！"

车雪晴缓缓转过头来，注视着刘泽星，说道："泽星，你为什么到现在还不明白呢？你已经错了很多了，不能再这么错下去了。我知道，你从一开始就看我不顺眼，可是，你毕竟是我的丈夫，我不能眼睁睁地看着你这么错下去，走向深渊。"

"你给我滚！你算什么东西，敢来教训我了！"刘泽星听到车雪晴这些话，更加激动地叫嚷着。要不是他被刘杰和陈明抓着，恐怕就会冲过来和车雪晴拼命。

就在这时，外面响起了警笛声，随后进来几个警察，直接将刘泽星带走了。警察问明情况后，随即将车雪晴也一并带走问话了。

目送着他们走后，李文军神情凝重，丝毫没有放松的意思。

刘杰看着李文军，疑惑地问："李总，不管怎么说，咱们今天也算是大获全胜，可是为什么你却一点儿都高兴不起来呢？"

"高兴？为什么要高兴？"李文军回头看了刘杰一眼，不解地问道。

李文军这话将刘杰问住了，他摸了摸后脑勺，干笑道："李总，难道……难道我们不该高兴吗？"

李文军听到这话，不由得笑了一声。这笑容看起来，充满了荒唐。笑完后，李文军沉默了几秒钟，转头看着刘杰，问道："刘杰，咱们现在搞清楚打电话让我们来这里的人是谁了吗？"

"这……"刘杰被问住了。

李文军又说:"刚才,雪晴说,她是被人通知来到这里的?可是是谁通知的她?如果通知她的人和通知我们的人是同一个人,那为什么他提前通知了雪晴,却这么晚才通知我们?"

陈明听到这话,也有些疑惑:"李总,难不成通知我们的人就是想让我们晚一点儿知道刘泽星逃跑的事?那这么做对他有什么好处呢?"

李文军摇摇头,此时他的心里复杂无比。有些事情,他不愿去细想,因为他不想面对自己最不愿意看到的结果。

"我也不清楚,但是,事情肯定没咱们想的这么简单。从我们开始调查刘泽星到现在,出现了太多蹊跷的事情,所以,我现在也是……"李文军的话没说完,只是长长地叹了一口气。

"哎,你们让一下。"这时,一个清洁工来清扫地上的碎纸,冲李文军三人嚷嚷了一句。三人赶紧让开。清洁工随即打扫起来,嘴里不停地抱怨着扔碎纸的人。

当清洁工将垃圾倒进垃圾桶里的时候,李文军忽然看到了什么,连忙叫住了清洁工。然后走上前,在碎纸之中翻了几下,翻出一小片纸片。他将纸片拿到了面前,仔细地看了几眼,眼眸之中露出了一丝惊讶来。

陈明和刘杰见状,奇怪地问道:"李总,你是不是发现什么了?"

李文军转头看了看他们俩,淡然一笑,说:"没什么,我们回去吧。"

事实上,李文军此时的心里翻江倒海。回家之后,他躺在床上,翻来覆去,怎么都无法入眠。

第十一章　疯狂的复仇

第一节　心形项链

俗话说得好：天底下没有不透风的墙。刘泽星在医院制造火灾，想趁乱偷跑的事情，第二天就上了新闻头条。而车雪晴作为他的妻子，最后时刻大义灭亲，阻止刘泽星犯下更大的过错，得到了公众的认可。

让李文军完全想不到的是，他也出现了在了新闻上，一张他扶着车雪晴的照片被人上传到网上，他再一次成了新闻焦点。

此时，李文军的办公室里。薛明艳正板着脸，双臂抱在胸前，生气地瞪着李文军。因为昨晚的事情，李文军没通知她，这让她非常恼火。加上照片上李文军和车雪晴亲密的举动，让她更是气愤。

因为这件事，薛明艳一上班就开始和李文军争吵。李文军尽管解释了半天，可是薛明艳根本不听。

李文军无奈地叹口气，站了起来，走到薛明艳身边，说："艳艳，咱们俩别吵了。要不我们一起去找雪晴，你亲自去问问她昨天晚上的事。"

"问她？"薛明艳闻言，抬头不可思议地看着李文军。

李文军咬着嘴唇，沉默了片刻，说："是的，有些事情，我必须当面和她好好谈谈。"

"你……你想谈什么？"薛明艳隐隐觉得，李文军可能知道了一些事情。他这个人一向心思缜密，他突然这么郑重地说要去找车雪晴，那就说明他一定知道了一些别人不知道的事。

李文军看了薛明艳一眼，说："到时候，你就会明白的。"

说完，李文军拿出手机给车雪晴打了一个电话。

然而，电话响了半天，车雪晴也没接。

薛明艳看了李文军一眼，说："别打了，这会儿，她估计忙得要命。你想要见她，恐怕也不是那么容易的事情。"

"既然如此，那我们就去她的公司找她。我就不信了，她还能对我们拒而不见？"李文军决然地说。

李文军和薛明艳到达静海医药公司的时候，车雪晴的秘书说车雪晴出去开会了，没有在公司。按照秘书的说法，从今早上班以来，车雪晴就没一点儿空闲时间，先后被董事会叫过去问话，然后又接受了记者的采访。好不容易歇一会儿，却又被叫去开会。

但奇怪的是车雪晴仿佛知道李文军要来找她，专程让秘书在公司等李文军。

李文军看着面前的秘书，心里有些奇怪。他来静海医药公司很多次了，但今天这个秘书他之前一直没见过。

秘书对李文军倒是非常热情，态度也极其恭敬，分明是将李文军当成自己的领导。

李文军趁秘书给他弯腰倒茶的时候，偷偷打量了一下她。

薛明艳见状，暗暗踢了李文军一脚，没好气地说："文军，你注意点儿素质，往哪儿看呢？"

秘书闻言，赶紧起身，一手下意识地遮掩住领口，满脸都是窘迫和尴尬。

李文军更加尴尬，他不自然笑了笑，忙说："小姐，你千万别误会啊。我刚才发现你脖子下有个钱币大的黑痣，有些影响小姐你的美观，如果你戴个项链遮掩一下应该会比较好。"

秘书闻言，诧异地看了看李文军，说："李先生，你真是观察细致啊。没错，我平时的确有戴项链遮掩。只不过，我今天皮肤有些过敏，就没戴。"

李文军微微点点头，继续说："嗯，我要是没猜错的话，你戴的应该是个心形的吊坠吧？"

"李先生，你真是太厉害了，这都看出来了。"秘书用钦佩的目光看着李文军。话说着，她从兜里掏出了一条项链来。

李文军看了一下上面吊坠的形状，果然是一枚心形的蓝宝石。

薛明艳惊异地看着李文军，问道："文军，你是怎么知道的？"

"很简单啊。这位小姐的黑痣周围有一团心形的红色印痕，想必是平时戴项链时留下的。"李文军笑了一声。

薛明艳瞪了李文军一眼，然后对秘书说："你们车总什么时候回来？"

秘书连忙说："这个我也不确定。不过，这几天她的工作排得很满。"

"既然如此，那我们就不打扰了。"

薛明艳说完，回头看了一眼李文军，也没说话，起身就走了。

李文军看着薛明艳的背影，只好也起身跟了过去。

从静海医药公司出来，薛明艳对李文军说："我没说错吧？车雪晴这段时间肯定很忙，哪有时间见你啊！"

李文军低着头，想了一下，忽然眼眸里迸发出一抹锋锐的光芒。几秒钟后，李文军抬起头，说："既然如此，那我们就去做点儿别的事情吧。"

"什么？"薛明艳一愣，一头雾水地看着李文军。

李文军嘴角一提，露出一抹笑意："跟我走就是了。"

薛明艳怎么都没想到，李文军居然带着她去了一家医院。

李文军带着薛明艳见了一个医生，李文军向医生询问道："医生，你还记得你曾经接诊过一个小男孩，他的母亲叫车雪晴吗？"

医生闻言，有些意外地说："哦，你是说刘然吗？怎么了？他的死，和我们医院没一点儿关系啊。"

李文军连忙说："不不不，你误会我们了。我们只是想搞清楚，当时具体的情况是怎么样的？"

医生看了看李文军，松了一口气，说："哦，他的病其实是被耽误了。他被送过来的时候已经很严重了，我们也想了很多办法，但最后还是无能为力。可惜了，他还那么小。"

李文军皱了一下眉，接着说："医生，那有没有可能有人故意拖延时间，使孩子错失了最佳治疗时机？"

医生顿时气愤地说："谁那么缺德啊！一个小孩子招谁惹谁了，至于这么做吗？"

听到这里，李文军和薛明艳对视了一眼，没再多问什么，转身离开了医院。

从医院出来后，薛明艳有些疑惑地看着李文军，问道："文军，你怎么突然关心起车雪晴孩子的死因了。"李文军叹口气，说："艳艳，你还记得上次吃饭时雪晴的反常表现吗？"

薛明艳微微点了一下头，说："怎么了，你该不会怀疑……"

李文军没有正面回答薛明艳，而是继续说："我记得马友天被抓的时候，对我说'终有一天，你会发现，你被别人给卖了，却还帮着人家数钱呢'！其实，我之前一直不太明白这句话是什么意思。可是现在，我似乎有些明白了。"

薛明艳想了一下，明白了李文军的意思："文军，你难道怀疑这些事情，都和车雪晴有关系吗？"

李文军缓慢地点点头："我现在需要进一步求证。但愿我所想的事情都是假的。否则，我真不敢想象要如何面对雪晴了。"

李文军说到这里，脸上流露出几分落寞的神色。

薛明艳看到李文军的表情，心里也很不好受。但她知道，现在不是吃醋的时候。

"文军，你也不要再多想了。你放心吧，我会帮你调查清楚整件事情的。这样吧，咱们就从医院这边开始调查吧。"

李文军"嗯"了一声，转头看了看薛明艳，说："艳艳，这些事情由你来负责吧。我现在心乱如麻，实在没办法继续调查下去。"

薛明艳轻轻握住李文军的手，柔声说："你放心吧，文军。这件事情就交给我来办。"

薛明艳理解李文军的心情，毕竟，车雪晴是他的前女友。尽管他们已经分手了，但过去的情分却不能说没有就没有。如果真的调查出车雪晴有什么问题，在情理上，他无法接受，他的内心一定会非常痛苦。

回到公司后，薛明艳就安排刘杰、陈明着手开始调查车雪晴。

调查了几天，薛明艳发现了一些奇怪的地方。在车雪晴送儿子就医的前几天，有一个人每天晚上出现在车雪晴家附近。因为是晚上，车雪晴家又住在别墅区，所以周围的目击者很少，而且那个人戴着帽子和口罩，行踪十分神秘。

陈明也查了车雪晴家附近的监控，确实看到一个穿着黑色衣服，戴着帽子和口罩的人，但因为他实在把自己包裹得太严了，甚至，通过监控都无法确认其性别。

薛明艳把监控录像看了好几遍，仍然是找不出什么线索。

刘杰看着薛明艳熬红的眼睛，有些不忍心，说："薛总，监控录像里估计没什么线索了。要不然，咱们从别的方面着手吧。"

薛明艳揉了揉眼睛，看了刘杰一眼，淡淡地说："刘杰，别的方面难道有什么线索吗？"

"没……没有啊。"刘杰闻言，有些尴尬地笑了一声。

这些天他们虽然花费了不少工夫，可是眼下也仅仅知道这一点线索。很显然，对方非常机警的，应该是防止被人找出什么。

陈明想了半天，开口说："薛总，不如我们去找李总吧。眼下，恐怕也只有他能找出线索了。"

薛明艳听到这话，心里有些不服气，尽管她承认李文军的能力，但还是不想求李文军帮忙。她看了看陈明，说："不行，我们不能什么事情都依靠他。再说了，现在他已经被这件事情弄得心力交瘁，我想让他好好休息一下。"

"不用了，艳艳，我没事的。"就在这时，李文军的声音在背后响了起来。

薛明艳几个人看着李文军，发现他神采奕奕，整个人看起来精神多了。不过，他的脸上还是有些疲惫。

薛明艳站起身来，连忙问道："文军，你怎么来了？"

李文军看着薛明艳面容憔悴的模样，顿时有些心疼。他抚了抚薛明艳的肩膀，说："艳艳，这几天，我彻底想明白了。有些事情，我必须要去面对。逃避解决不了任何问题。"

陈明看着李文军，笑着说："李总，你还别说。你这几天不在公司，我们大家干活都提不起劲儿来。"

李文军瞥了陈明一眼，说："好了，陈明，别耍嘴皮子了。赶紧将你找到的监控录像给我看看。"

陈明闻言，点了点头，随即将电脑打开。

薛明艳看了李文军一眼，说："文军，该找的我们也都找了。可是，根本就没找到什么线索。我看，咱们是不是多心了，也许刘然就是死于意外呢？"

李文军摇了摇头，说："不，艳艳，我觉得事情没这么简单。而且，我要调查这件事情的目的，就是希望知道雪晴当初说的话到底是不是真的？不管怎么说，希望我所有的推测都是错误的。"

话是这么说，可是李文军的心头却隐隐闪动着一个念头，而且这个念头越来越清晰。

李文军走到电脑边，盯着电脑上的监控录像仔细地看了起来。

薛明艳也走到李文军身边，双臂抱在胸前，有些不服气地说："文军，我看你也别看了，我都看很多遍了，没发现什么问题。"

"是吗？我看倒是不见得吧。"李文军转头看了薛明艳一眼。这时，他忽然摁了一下键盘，电脑画面停止了。然后他指着画面里的那个包裹严实的人影说，"你们看，这个人走路的姿势、迈腿和甩胳膊的角度，有什么问题吗？"

几个人对视了一眼，面面相觑。薛明艳瞪了李文军一眼，说："文军，你有什么话就直接说吧，别卖关子了。"

李文军笑了一声，说："人体生物学家说，男女在走路上，会有很大的区别，主要表现在双腿迈开的角度，胳膊甩开的弧度。相比较而言，男人更大，而女人较小。这些差别，绝对不是靠外表的掩饰就能遮盖住的。因为，这是身体结构所导致的。我们再看画面上的这个人，胳膊甩开的弧度以及双腿迈开的角度都比较小。"

"这么说来，这是个女人了？"刘杰闻言，忍不住问道。

陈明惊讶地看着李文军，钦佩地说："李总，你可真是厉害。我们研究了半天，啥都没看出来，没想到你居然这么快就看出来了。"

李文军笑了笑，拍了拍陈明的肩膀，说："这得要感谢雪晴家附近的监控像素高，否则我也看不出。"

薛明艳心里虽然对李文军的推断很佩服，可是还是觉得面子上有些挂不住。毕竟，自己折腾了这么久，一点儿结果都没有，李文军却如此轻而易举地找到了突破口，这未免有些打她的脸。

"文军，你就算推断出她是个女人，可是你也不能查出来她是谁啊？"

"是啊，这还真是个难题。"李文军叹了口气，脸上布满了愁云。

刘杰挠了挠头，盯着电脑上的画面，说："唉，这女人太狡猾了，包裹得这么严实。咱们能有什么手段，直接将她戴着的帽子和口罩弄掉好了。"

"做梦吧，再高的科技也没这个本事。"陈明瞪了刘杰一眼，说道。

李文军没有理会他们的对话，继续看起了视频。

视频中女人正经过一个走廊拐角，她正前方的一束灯光投射到她的身上。

就在这时，李文军眼睛一亮，赶紧摁下了暂停键。

大家看着李文军一脸认真的模样，心里突然有些紧张。

薛明艳问道："文军，你是不是发现什么了？"

李文军伸手指着画面里那个女人脖子以下的地方，皱着眉头，说："你们看，她脖子下面是不是有一块隆起的地方。"

薛明艳将头转向屏幕，仔细地看了起来。果然，女子的衣服下面有一个隆起的地方，看起来里面有什么东西。

刘杰皱着眉，说："看起来是一个心形。"

李文军突然想到了什么，说："我猜她应该是戴了一条心形的项链。"

李文军的话提醒了薛明艳,她激动地说:"文军,你还记得车雪晴的秘书吗?"

李文军点点头,说:"我要是没猜错的话,视频里的女人就是车雪晴的秘书。"

薛明艳近乎尖叫道:"文军,难道是车雪晴杀了自己的孩子?"

李文军眼睛盯着电脑屏幕,平静地说:"未必。"

薛明艳疑惑地说:"你这是什么意思?"

李文军想了一下,对陈明说:"陈明,你查一下,这个秘书和刘泽星有没有什么联系。"陈明虽然有些疑惑李文军怎么突然提起了刘泽星,但还是答应了下来。

此时,李文军的心情异常沉重。他走到了窗边,神色凝重地盯着外面的景象,心里没有一丝放松。

薛明艳看到李文军的样子,也走了过来。她轻轻握着李文军的手,关切地说:"文军,你没事吧?"

李文军摇摇头,转头看了一眼薛明艳,说:"艳艳,我最担心的事情,可能真的要发生了。"

薛明艳疑惑地说道:"文军,你刚才不是说未必吗?"

李文军摇摇头,说:"孩子的事未必是雪晴干的,但刘泽星的事却很有可能是她做的。"

薛明艳被李文军搞糊涂了:"文军,你到底是什么意思啊?"

李文军深深地叹了口气,问:"艳艳,如果有人杀了你的孩子,你怎么办?"

薛明艳回答道:"当然是和他拼命了!"随后,薛明艳反应过来,失声道,"你的意思是刘泽星害死了刘然。这怎么可能!刘然可也是他的孩子。"

"艳艳,之前有一次雪晴和我说,刘泽星怀疑刘然是我的孩子。"

"什么！"薛明艳惊叫道。

李文军赶紧解释说："艳艳，你可别误会。刘然和我绝对没有任何关系！"

薛明艳看着李文军一脸紧张的样子，心里觉得有些好笑。想了一下，说："也就是说，刘泽星因为怀疑刘然的身份就杀了他。可是，刘然死的时候已经快三岁了，他要想动手，怎么不早点儿下手呢？"

李文军摇摇头，说："我也在疑惑这点。"

看着李文军的样子，薛明艳也不好再继续问下去。

第二节　摊牌

就在这时，陈明走了过来，汇报说："李总，车总身边的秘书原本在北极星科技公司上班，后被刘泽星安排到静海医药公司。"

现在，一切问题都已经非常明显了，李文军的脸色非常难看。他的两只手紧紧攥在一起。十分钟后，他忽然将拳头狠狠砸在墙面上，厉声叫道："为什么会这样！"

这时，李文军的手机响了。李文军打开一看，是车雪晴打来的。他想了一下，接通了电话。

电话那头，车雪晴用歉疚的口气说："文军，真是太抱歉了，前几天你来找我，我一直太忙，都没顾上联系你。"

李文军此时心里已经平静下来。他淡淡地说："雪晴，你现在有时间了吗？"

"我刚推掉了一个会。文军，你有空吗？咱们见个面，我有很多话想和你说。"

"正好,我也有很多话要和你谈。"

当下,李文军和车雪晴约定了见面的时间。

听到李文军的话,薛明艳轻轻握了一下他的手,说:"文军,你去吧,我们在公司等你的消息。"

李文军倒是对薛明艳的话有些意外,他以为薛明艳会提出和他一起去。

李文军想了一下,握紧薛明艳的手,认真地说:"艳艳,我想你陪我一起去。"

薛明艳有些意外地看着李文军:"文军,你说什么?让我跟着去,你难道……"

"艳艳,你是我的女朋友,更是我后半生的伴侣。无论车雪晴经历过什么,她都是我的前女友,我不想让她成为我们之间的阻碍。况且,车雪晴的做法我也不赞同。"

薛明艳听到这些话,内心百感交集。她注视着李文军,柔声说:"文军,我陪你去。"

看到薛明艳跟在李文军身后,车雪晴的嘴唇动了动,似乎想要说什么。可是,还是止住了。

李文军看到了车雪晴的表情,不过他也没说什么。他端着桌上的一杯红酒,喝了一口,说:"雪晴,你不是有话说吗?行了,你现在可以说了。"

车雪晴犹豫了一下,咬着嘴唇,缓缓地说:"文军,那天晚上,谢谢你的帮忙。"

李文军看了车雪晴一眼,淡淡地说:"雪晴,你就想和我说这句话吗?那我看真是大可不必了。我能出现在那里,还不都是你安排的吗?"

"你这话什么意思?"车雪晴的眼神里有些惊慌,假装什么都知道地问道。

李文军微微动了一下嘴角,淡淡地说:"雪晴,事到如今,你就不用再装下去了。我还真是傻啊,顾念着昔日的感情,一心想要帮你,没想到,却被你利用了。"

"文军,你到底什么意思。能不能别跟我打哑谜,有话直说,别这么阴阳怪气的。"车雪晴有些生气。

李文军端着酒,猛然灌了一口,说:"好,你不说,那就我来说吧。雪晴,你可还记得,当初你让我接手静海医药公司的项目的时候,你说是马友天害死了你的孩子。说实话,我就是听了这些,受到很大的触动,才会答应帮你的。你利用我们之间的旧情,以及我和马友天的恩怨让我入局。"

车雪晴听到这些,狠狠地拍了一下桌子,声嘶力竭地说:"文军,你这意思是我骗了你。可是,你也看到了,我们公司的事确实是马友天搞的鬼,不是吗?"

"雪晴,你先别着急解释,听我说。"李文军淡定地看着车雪晴,继续说,"其实,马友天只是一个幌子,你真正想对付的人是刘泽星。"

"笑话!刘泽星是我的丈夫,我对付他干什么?"车雪晴激动地反驳道。

"因为他杀了你的孩子!"李文军抬头看着车雪晴,肯定地说。

车雪晴的脸上充满了震惊和不安的神色。她不自觉地咽了一口唾沫,心虚地说:"你有什么证据?"

李文军继续说:"我查了你家附近的监控,发现在孩子入院前有个人一直在你家附近徘徊,那个人就是你身边的秘书。后来,我又发现,这个秘书是刘泽星安排到你身边的。而你之前也和我说过,你和刘泽星的感情并不好,他甚至怀疑孩子和他的血缘关系。"

"那又怎样?"

"这就是刘泽星的犯罪动机。他对孩子没有太多的爱,甚至是怨恨。雪晴,孩子生病那段时间正好是静海医药公司信息遭遇泄露的时候吧?"

车雪晴没有说话,但显然就是默认了李文军的话。

"因为你的存在,阻碍了马友天窃取静海医药公司的商业信息。而马友天和刘泽星的关系很好,这几年他们一定经常合作。如果我猜得没错的话,马友天一定用了什么手段威胁了刘泽星,让刘泽星帮他拖住你。所以你的孩子才会生病。可他们没有想到的是,你居然延误了孩子最佳治疗时机,导致了孩子的死亡。我想你一定将所有的罪责都怪到了他们身上,所以才会找我帮你。"

车雪晴慢慢坐下来,面带讽刺的表情笑道:"文军,你刚才不是说我秘书出现在我家周围吗?按你刚才的话,她出现在那儿干什么?"

"你和刘泽星的感情不好。我问过你周围的邻居,我了解过,那栋房子是你个人的房产,刘泽星没有那里的钥匙,所以他才会让你的秘书去动手脚。"李文军淡定地说。

车雪晴沉默了下来,显然是没有反驳的话了。

李文军看到车雪晴的样子,有些心疼,但他还是说了下去:"雪晴,你先是利用我,揪出了马友天。然后又将我扯入北极星科技公司的项目,就是为了让刘泽星获罪。要不然我怎么会那么巧在刘泽星的办公室看到'雷豹'的资料,又怎么会知道刘泽星逃跑以后的去向呢?"

车雪晴听到这里,终于抬起头,死死地盯着李文军,狠狠地说:"那又怎样?他们做了那么多丧尽天良的事,难道不该受到惩罚吗?"

李文军叹了口气,说:"雪晴,他们的事会有警察来处置,你这样做是不对的。"

车雪晴冷笑道:"警察?你以为孩子死后我没想过报警吗?可是证据呢?拿不出证据他们一样会逍遥法外!"

"所以,你就诬陷刘泽星,害他坐牢!"

车雪晴听到这话,眼神明显慌乱了,她紧张地说:"你说什么呢?我听不懂!"

李文军叹了口气,说:"雪晴,你利用刘泽星窃取了北极星科技公司的商业信息,然后伪装成刘泽星与山田正二交易,还在他的电脑上留下邮件信息,就是为了日后留作证据陷害他。你利用结婚纪念日的宴会让我怀疑刘泽星和山田正二,随后又故意引我去刘泽星的办公室,就是为了让我发现刘泽星出卖北极星科技公司的证据。但是,你没想到我居然会隐忍不发。所以,你就将刘泽星出卖商业信息的资料寄给我,接着匿名报警,成功将刘泽星陷害入狱。如果我没猜错的话,刘泽星逃出医院你应该也帮了忙吧?就是为了让我看到洗浴中心的一幕,好彻底打消别人对你的怀疑。"

"证据呢?"车雪晴冷笑着问。

"雪晴,还记得你在洗浴中心撕掉的资料吗?你当时撕掉的是复印件吧?"

"什……什么复印件?文军,我不懂你在说什么?"

李文军微微欠了下身子,凝视着车雪晴,说:"雪晴,你是真的不知道吗?别着急,你看这是什么?"说着,李文军掏出一张纸片,推到了车雪晴跟前。

车雪晴低头一看,纸片上有一个墨点,但用手一摸,却擦不掉。

"雪晴,我仔细观察了一下那份资料,因为'雷豹'还在研究阶段,所以那份文件上有很多研究人员随手写下的注释。通过注释,可以明显看出你撕掉的资料是复印下来的。"

车雪晴听完这些话后,大笑了起来:"文军,你为什么要拆穿这一切,假装不知道不好吗?那些人本来就应该得到报应,不是吗?"

李文军闭上了眼睛,过了一会儿,他问道:"雪晴,大彪是不是你的人?"

听到李文军这句话,薛明艳吓了一跳:"文军,大彪不是马友天的人吗?"

李文军没有理会薛明艳的话,而是死死地盯着车雪晴。

车雪晴愣了一下,然后承认道:"没错。大彪一开始是马友天派到我公司的卧底,但后来被我发现,他就转而听我的调遣。这件事,你是怎么发现的?"

李文军了然地点点头,说:"大彪假装成快递员给齐云芳送首饰盒这件事我想了很久,怎么都想不通他为什么会这么做?当时我们的调查已经陷入了瓶颈,这时大彪突然出现,就好像是有人特意在帮我。可是那个人又怎么会知道我的调查计划,然后在合适的时间让大彪暴露呢?直到刘泽星这件事发生后,我才开始怀疑到你。我的计划你全部都知道,所以你才会安排这出戏,不是吗?"

车雪晴半天没有说话,随后微笑着说:"文军,你果然厉害,就靠这点儿线索你就猜到我的身上。"

旁边的薛明艳张大了嘴巴,惊讶地说:"车总,你这样利用大彪,就不怕他揭发你?"

李文军接话道:"她当然不怕了,因为大彪的弟弟还在她手上。我之前跟踪大彪的时候见过大彪弟弟一面,感觉得出来大彪弟弟身体不好,我想这也是为什么大彪会铤而走险的原因。"

车雪晴"哈哈"笑了一声,说:"文军,我真的很佩服你。"

李文军叹了口气,说:"雪晴,你把'雷豹'的资料带去了哪里?"

车雪晴看着李文军,冷冷地说:"你既然这么聪明,那你猜啊!"

李文军看着已经快要失去理智的车雪晴,无奈地说:"雪晴,即便他们有错,你也不能因此走上错路。'雷豹'有多重要不用我说,你如果真的把它卖给了山田正二，那一切可就完了！"

车雪晴不以为意地说："李文军，到现在你还在装好人，你知不知道要不是因为你当初只关心你的工作，我又怎么会认识刘泽星，更不会走到今天这步。"

李文军听到这话，心里十分难受："雪晴，我没想到我当年的事会给你造成这么大的影响。"

车雪晴缓缓地站了起来，脸上满是痛苦的表情："文军，你知不知道，自从你入狱之后，我内心承受了多大的痛苦。当我听说你在监狱里自杀未遂的时候，我真想出现在你面前，让你杀了我。也许，只有这样我的心情才会好受一点。有很长一段时间，我真想忘记你，想要开始新的生活。可是，刘泽星根本不相信我，他甚至害死了我的孩子。而你呢？你对薛明艳那么好，你有想过当年你是怎么对我的吗？但凡当年你对我有现在对薛明艳十分之一的好，我会那么做吗？为什么？你们都得到了幸福，只有我一个人失去了所有，我到底做错了什么？"

薛明艳看了车雪晴一眼，说："车总，你如今可是拥有了财富、地位和权力。"

"可笑！薛明艳，你以为我真的想要这些吗？如果我用我现在拥有的一切和你换，你愿意吗？"

"我……"薛明艳语塞了。当她知道车雪晴的经历后，她确实有些同情车雪晴了。

李文军听完车雪晴的话，心里有些愧疚："雪晴，我们之间的恩恩怨怨，就让它过去吧。现在，你应该做的，是去警察局自首，主动交代自己的犯罪事实。"

"犯罪事实，我犯什么罪了？文军，你要去举报我吗？"车雪晴似笑非笑地看着李文军。

车雪晴的表情，让李文军看着有些毛骨悚然。认识车雪晴这么久，他从来没见过她这种诡异的表情。

"雪晴，你泄露北极星科技公司的商业信息，还陷害刘泽星，这难道不是犯罪吗？"李文军注视着车雪晴，说道。

"是吗？文军，你确定光听你的一面之词，警察就会相信你吗？你有证据吗？"

李文军看着车雪晴满脸讥讽的表情，试图劝道："雪晴，天下没有不透风的墙，你确定你做的事不会留下证据吗？你现在去自首，还可以争取宽大处理。"

薛明艳这时也站了起来，说："车总，你不要一错再错了。"

车雪晴看了薛明艳一眼，"哼"了一声，什么话都没说，转身离开。

薛明艳见状，叫了一声："车总，你如果今天不去自首，那我就把你做的事说出去。虽然现在还没有证据，但只要这些消息传了出去，我就不信你会毫不在意。"

车雪晴听到这话，停了下来。她转过头来，看着薛明艳，犹如一头凶狠的饿狼盯着一只绵羊。她露出了一抹阴笑："薛明艳，你想多了，文军不会这么做的。"

眼见着车雪晴大摇大摆地走了，薛明艳着实有些慌了。她转头看了一眼李文军，吃惊地说："文军，你难道真的要……"

李文军神色复杂地看着车雪晴渐行渐远的背影，摆摆手，说："艳艳，算了，让她走吧。"

"可是……"

薛明艳的话没说完，就被李文军打断了。他冷冷地说："艳艳，没什么可是的。"

第三节　车雪晴的报复

回去的路上，李文军一句话都不说。

薛明艳看得出来，李文军的心情十分不好。好几次，薛明艳想开口去问他。可是，到头还是止住了，什么都没说。薛明艳明白，李文军心里已经有了决定，现在说什么都没用。

几天后，一条车雪晴陷害丈夫刘泽星的新闻突然引起了大家的关注。按照新闻的报道，他们的婚姻早就貌合神离，名存实亡。甚至车雪晴不知因什么原因恨刘泽星入骨，所以才会诬陷刘泽星。

一时间，车雪晴"好妻子"的形象彻底被打破了。

明创信息咨询服务公司里的员工也都议论纷纷，大家都在讨论爆料的人究竟是谁。

薛明艳在看到新闻后，心里有些担心，难不成爆出这条新闻的人，会是李文军吗？

这时，宋佳佳凑到薛明艳身边，轻轻地问道："薛总，这新闻会不会和李总有什么关系？"

薛明艳摇摇头，说："我也不知道，但是在事情没弄清楚前，大家都别嚼舌根。"

刘杰随即说："薛总，要不你去问问李总吧。"

薛明艳正有这个意思，她看了看众人，说："你们等着，我现在就去找他。"说着，她往李文军的办公室走去。

薛明艳刚打开办公室的门，见李文军正要起身出去。

看到薛明艳进来，李文军有些诧异："艳艳，你有什么事情吗？"

薛明艳走到李文军面前，说："文军，新闻你都知道了吧？我想知道，这和你有没有关系？"

李文军赶紧说："当然无关了，我要是想说的话早就说了，又何必等到今天呢？还用这么卑鄙的手段。"

"可是，车雪晴会相信你吗？"

李文军掏出了手机，翻到通话页面："喏，你看，她这不是约我见面了吗？"

薛明艳看了眼手机屏幕，说："她要是不约你的话，我倒是挺意外的。文军，你打算怎么跟她去说？"

李文军耸耸肩膀，说："自然是实话实说。"

"可是，我担心她不会相信。"

"她信不信是她的事情，但我问心无愧。"李文军话说着，准备推办公室的门。

薛明艳见状，连忙抓住了李文军的手，忙不迭地说："文军，你等一下。我担心……"

李文军反手轻握着薛明艳的手，拍了拍，说："艳艳，你不用担心，我没事的。"

"不是的。"薛明艳闻言，叹了口气，"文军，你怎么就不懂呢？车雪晴现在是什么样的人，相信你我都再清楚不过了。她万一相信这些都是你传出来的，那么一定会对你怀恨在心。以她的手段，我实在不敢想她会怎么对付你！"

李文军伸手轻轻抚摸着薛明艳的脸，淡然一笑，说："艳艳，我知道你的担心。不过，我有防备的，你不用担心。"

薛明艳清楚，自己现在说什么，李文军恐怕也听不进去。没有办法，她只能让李文军离开。

车雪晴的办公室里。此时，她端着一杯咖啡，却没有喝，目光死死地盯着电脑屏幕上的新闻。

没多久，车雪晴将杯子狠狠地摔在了地上。

碰巧这时，办公室的门开了，李文军进来了。

李文军看着地上的咖啡杯，心里着实后怕，要是早进来一秒，恐怕咖啡杯就砸自己身上了。

"雪晴，你这是干什么？"李文军淡定地走了过去。看着车雪晴阴晴不定的脸，他开口问道。

车雪晴脸色阴沉，一双眼眸透着一股难以揣测的阴冷。她注视着李文军，冷冷地说："李文军，你就不要揣着明白装糊涂了。我现在这样，你是不是非常高兴，这就是你想要的结果吧？"

李文军摇摇头，解释道："雪晴，不管你相不相信，反正新闻的事和我无关。"

车雪晴"哼"了一声，明显一副不相信的表情。

李文军也没指望车雪晴能相信他的话，但他还是劝道："雪晴，你难道还没明白吗？我是希望你能自己想明白，然后去自首。"

"够了，李文军，你少在这里猫哭耗子假慈悲了。"车雪晴愤怒地说，"你不就是因为我没去自首，就想通过这种卑劣的手段来逼迫我吗？"

李文军闻言，笑了一声："雪晴，如果你坚持这么想，那我也不多说什么了。"

听到李文军这么说，车雪晴冷静了一下，说："文军，我今天找你来，真不是要和你吵架的。"车雪晴起身走了过来，站到李文军的身边，一只手轻轻握住了他的手。

李文军愣了一下，迅速将车雪晴的手甩了下去。车雪晴看着自己的手，悲伤地说："为什么？"

李文军闭上了眼睛，说："雪晴，我已经说过很多次了，我们俩之间不可能了，你不要白费力气了。我已经有女朋友了，而且我们就要结婚了。"

车雪晴闻言，非常激动地说："那个薛明艳到底做了什么，让你这么喜欢她？"

李文军叹口气，说："她能给我什么不重要，重要的是我们同甘共苦，一起携手经历了无数的风风雨雨。"

车雪晴冷笑了一声，说："她陪你经历风风雨雨，可你也回馈了她你全部的温柔。那我呢？当年的我没有对你付出全部吗？换来的却是你的忽视和冷淡。同样是女朋友，凭什么你要这么不公平！"车雪晴此时眼睛里溢满了泪水，声嘶力竭地质问道。

李文军也不知道自己该怎么回答车雪晴的话，他只有摇摇头，说："雪晴，对不起，我向你道歉。但咱们俩已经过去了，我们都该往前看，你该有自己的生活，我也一样。"

说完话，李文军转身离开了车雪晴的办公室。

眼睁睁地看着李文军离开，车雪晴大声地叫着李文军的名字。可是，李文军再也没有回头。

车雪晴无力地跌坐在地上，捂着脸痛苦地哭了起来。

许久，车雪晴才缓缓地从地上爬起来。此时，她面容狰狞得可怖。那眼眸，犹如凶残的豺狼一般。

车雪晴攥紧了拳头，恶狠狠地说："李文军，这是你逼我的！"

薛明艳在公司里焦虑得来回走动，她拿着手机，好几次想给李文军打电话。要不是刘杰他们拦着，甚至她想直接去找李文军。

直到看到李文军回来了，薛明艳悬着的心这才落地了。她迅速跑了过来，拉着李文军的胳膊，担忧地问道："文军，你有没有事情啊？"

李文军冲薛明艳一笑,说:"怎么?你是不是就盼着我出事情呢?"

"去你的吧,我是担心你被那个女人给吃了。"薛明艳没好气地说。

刘杰在一边趁机说道:"李总,薛总是担心你被车雪晴给拐走了,她以后可要独守空房了。"

薛明艳转头狠狠地瞪了刘杰一眼:"刘杰,我看你这月的工资不想要了吧?"

刘杰闻言,干笑了一声,赶紧捂着嘴,不敢多说话了。

李文军看了一眼薛明艳,说:"好了,我今天去就是和她解释清楚的。"

"那她没有说别的?"薛明艳是个非常聪明的人,她知道车雪晴绝不可能轻易放李文军回来。

李文军笑道:"好了,艳艳。你放心吧,我已经把话说死了,也严词拒绝了她。相信这一次,会让她彻底死心的。"

薛明艳看着李文军坚定的目光,心里也明白了一些。她微微应了一声,说:"文军,我就是担心,车雪晴会因此做出报复你的举动来。"

"不管怎么样,反正我是仁至义尽。如果她还要做什么的话,那我也不能任她欺负。"李文军话说到这里,脸上的表情变得冷漠起来。

一个星期后,李文军和薛明艳从外面吃完饭回来。正要进公司的时候,忽然,一辆警车停在了公司门口。紧接着,从警车里下来的几个警察迅速走了过来,将薛明艳铐住了。然后严肃地说:"薛明艳小姐,你涉嫌一起商业信息泄露案,请你跟我们走一趟,协助调查。"

李文军和薛明艳顿时傻眼了。他们诧异地看着警察。

反应过来后,薛明艳连忙说:"警察同志,你们是不是搞错了,我一直遵纪守法,不可能参与商业信息泄露案啊!"

"你们也不能无缘无故抓人吧,总要有证据吧?"李文军也说道。

其中一个警察说:"根据静海医药公司总经理车雪晴举报,薛明艳利用和她见面的机会,盗窃了她存放在办公室抽屉里的一份机密文件。而且有目击证人证明你已将文件带至家中。所以,请你协助我们调查。"

"好,我跟你去看看我家里到底有没有什么机密文件。"薛明艳心里十分生气,她看着那些警察,愤然地说。

"我也去。"李文军当即也跟着过去。

到了薛明艳家里,警察果然在薛明艳的床头柜里找到了一个文件袋,里面装着有关静海医药公司的资料。

李文军睁大了眼睛,看着薛明艳,诧异地问道:"艳艳,这……这到底是怎么回事?"

薛明艳微微摇了摇头,茫然地说:"不,这不可能。文军,你要相信我,这和我没关系!"

李文军了解薛明艳的为人。他紧锁着眉头,盯着薛明艳问道:"艳艳,我只想知道,到底这是怎么回事?"

薛明艳咬着嘴唇,迟疑了一下,说:"昨天晚上,车雪晴打电话约我见面,说要谈谈我们三人之间的事情。当时,我也没想太多,就去了。我们在她的办公室里谈了许久。车雪晴后来接了一个电话,就出去了。后来,她给我打电话,说她的抽屉里放着你和她之间的一些照片,让我取出来交给你。"

"什么!艳艳,你难道去取了吗?"李文军听到这里,顿时气不打一处来。这明明就是个圈套,可是薛明艳居然没察觉到。

薛明艳面露难色,微微低着头,说:"文军,我当时是被车雪晴的话气昏了头,就放松了警惕,实在没想这么多。所以……所以我就打开了抽屉,取出了文件袋。"

"那你当时难道就没打开看看里面装了什么吗?"李文军询问道。

薛明艳忙说:"我打开看了,里面确实是照片。还有车雪晴送你的一些小礼物。除此之外,其他的什么都没有。"

这时,警察说:"可是,我们看到的视频里,只有你拿着档案袋离开的画面。"

"不……不是这样的。"薛明艳闻言,慌忙辩解道。

警察说:"薛小姐,请你先跟我们回去。你放心吧,如果你是被冤枉的,我们一定会调查清楚,还你清白的。"

薛明艳欲言又止,转头看了看李文军,似乎在等他的答案。

李文军此时也没有办法,车雪晴突然针对薛明艳,让李文军有些措手不及。李文军看了看薛明艳,轻轻地握着她的手,说:"艳艳,你放心,这件事我一定会调查清楚的。"

薛明艳用力点点头,说:"文军,我相信你。"

说完,薛明艳就被警察带走了。

李文军呆呆地站在房间里,很久都没有离开。

这些天,虽然李文军知道车雪晴一定不会轻易放过他,但他没想到车雪晴会对薛明艳下手。

李文军平静了一下心情,拿出手机,给车雪晴打了个电话。

"雪晴,你在哪里?我要见你。"

车雪晴假装什么都不知道的样子,说:"文军,你这么急找我,是有什么事吗?"

"少废话,你在哪里,我现在就要见你。"李文军没好气地说。

"好,你来吧,我在办公室里等你。"车雪晴随即挂了电话。

第四节　线索中断

十几分钟后，李文军出现在车雪晴的办公室门口，他不顾秘书的阻拦，狠狠一脚将办公室的门踹开，冲了进去。

秘书为难地看了看车雪晴，解释道："车总，我告诉他你等会儿还要开会，没空见他，可是他硬要闯进来。"

车雪晴看了秘书一眼，说："你去把会议推掉，我和文军有话要说。"

秘书答应了一声，转身离开办公室，随手将办公室的门关上了。

李文军走到车雪晴面前，狠狠地瞪着她，生气地质问道："车雪晴，你什么意思？你要是恨我，尽管冲我下手。可你为什么要冤枉艳艳。她和我们的事情无关，你不要牵扯她。"

车雪晴听闻，双手一摊："文军，我不明白你这话什么意思。"

"你少给我'揣着明白装糊涂'，刚才警察已经将艳艳带走了。我现在已经知道了事情的经过。"李文军紧紧攥着拳头。

"哦，我明白了，你是说薛明艳窃取我公司商业信息的事吧？"车雪晴闻言，嘴角露出一抹微笑。她不慌不忙地说，"文军，这么说来，你是相信她，而不相信我了。"

"车雪晴，你我心里比任何人都清楚，这件事情究竟是谁在搞鬼？"李文军看着车雪晴云淡风轻的模样，心里十分着急。他不禁想，眼前这个蛇蝎心肠的女人真的是当年那个单纯善良的车雪晴吗？

车雪晴跷起了二郎腿，淡然地承认说："你说的没错，这件事就是我做的。是我设的局，我就是要算计薛明艳，你能怎么着吧？"

"她和你有仇吗，你要这么对她？"李文军忍不住问道。

"你说呢？文军。我沦落到如今的地步，不是被你们逼的吗？既然如此，我还在乎什么？"车雪晴一边说着一边朝李文军走去。

李文军看到车雪晴阴冷的表情，心里有些不安，下意识地往后退。

车雪晴看见李文军一脸厌恶自己的表情，突然开始放声大笑起来。过了一会儿，她停下来，注视着李文军，说："李文军，事情已经发展到这种地步，我也没什么好说的了。我就是这种命，我也不在乎了。"

"雪晴，你……咱们有话好好说。你能不能先放了她，这事情和艳艳无关。"

李文军的态度了软了下来。他知道，现在的车雪晴已经完全失去理智了，他不能去刺激她，只能好好劝劝她，争取让她迷途知返。

车雪晴冷笑一声，说："李文军啊李文军，你不是一向最骄傲了吗？今天怎么向我求饶了？"

李文军低着头，缓缓地说："雪晴，我们别说那些无用的话，还是谈点儿正题吧。说吧，你到底要怎么样才肯放过艳艳？"

车雪晴的神色里流露出伤心和绝望，她长长地叹了口气，幽幽地说："想要我放了她，其实也不是不可以。文军，只要你和她分手，和我交往结婚，我保证放了她。"说到这里，车雪晴凑到李文军身边，伸出一条胳膊搭在李文军的肩膀上。

李文军迅速推开了车雪晴，一脸嫌弃地看着车雪晴，冷声道："车雪晴，我们不可能的。即便是没有艳艳，我也不会和你在一起的。你这样的女人，只会让我感到害怕和厌恶。"

"你……好，李文军，算你有种。"车雪晴冷冷地说，"李文军你不是很厉害吗？要不你就试试，看看能不能帮自己的女朋友洗脱冤屈。"

"好！车雪晴，我一定会为艳艳洗脱冤屈的！"李文军知道再和车雪晴纠缠下去也没有意义，转身离开了她的办公室。

李文军刚走到门口，身后传来了车雪晴的声音。

"李文军，别说我不照顾你。案发现场就在我的办公室，你随便过来调查。而且，监控视频，你也可以拿走。"

李文军转头看了车雪晴一眼，什么话都没说，直接就出去了。

本来，李文军是想一走了之的。可是，他想了一下，现在绝对不是意气用事的时候。随后来到监控室，拷走了监控视频。

回到公司，众人纷纷用疑惑的目光看着李文军。

刘杰率先问道："李总，这到底是怎么回事？薛总怎么会盗取静海医药公司的商业信息呢？"

李文军叹了口气，说："你们相信艳艳吗？"

宋佳佳赶紧说道："当然了，薛总绝不会那么做的！"

李文军听到这话，心情终于好了一点儿。他看着众人，问道："你们愿意帮助薛总洗脱冤屈吗？"

"当然愿意！"众人异口同声地回答。

李文军应了一声，说："好，现在立刻开会。"

五分钟后，众人聚集在会议室，李文军将监控录像投影到幕布上。从监控录像里可以看到，薛明艳从车雪晴的抽屉里取出了一个档案袋。然后就迅速离开了办公室。

整个视频看起来非常流畅，根本没有剪辑的痕迹。

李文军看了一眼陈明，说："陈明，你是电脑方面的专家，你来说说看，这一段视频有什么问题吗？"

陈明皱着眉头，看了许久，摇摇头，说："李总，如果按照薛总所说，她当时打开了档案袋，将里面东西翻出来看了一眼，才带走的话，那这个录像视频就是就是经过剪辑的。可是，这段视频没有任何剪辑痕迹。而且，我刚才也用电脑软件进行了检测，丝毫检测不出来有任何问题。"

"你再仔细检查一下。"李文军听到这话，心里有些疑惑，他焦急地说道。

陈明摇摇头,说:"李总,我真的很认真地检查了。"

刘杰见状,忍不住说:"李总,你也别太着急。我仔细思考过了,既然车雪晴敢让你放手去调查,就说明她早就做好了准备,绝对不可能这么轻易让我们找到线索的。"

李文军自然也明白刘杰的话。他深吸了一口气,想了一下,说:"这样,我来分工。刘杰,你给我严密监视车雪晴的动向,只要她有什么异常的举动,立刻向我报告。文静、佳佳,你们俩去艳艳的家里,仔细查找一下,看看能不能找到什么蛛丝马迹。我怀疑,有人偷偷潜入她家,将她的档案袋替换了。陈明,你去调查艳艳住处周围,尤其是商铺,或许通过店里的监控我们可以查到一些可疑的人。"

接下来的几天,明创信息咨询服务公司的人忙得脚不着地,调查却没任何进展。

最让李文军感觉焦虑的是,薛明艳在看守所里的日子并不好过。他已经打听到,因为车雪晴的催促,警方已经加快了案件的审理,据说很快就要递交法院,对薛明艳进行正式的审讯。

因为薛明艳泄密的是价值上亿的商业信息。一旦罪名坐实,她恐怕就要面临好几年的监狱生活。

此时,众人坐在会议室里,一个个都垂头丧气,毫无一点生气。李文军已经连续几天没合眼了,他死死地盯着不断重复播放的监控录像,希望着从中找到一些破绽。

文静看着李文军无比憔悴的模样,忍不住走了过来,担忧地说:"李总,你已经几天没合眼了。要不然,你还是先休息一下吧。"

"我不休息,已经没时间了。如果我不尽快找出线索来,艳艳恐怕就真的百口莫辩了。"李文军依然死死地盯着录像。

"可是，李总你……"文静欲言又止，她知道自己此时说什么都没用。

就在这时，李文军忽然站了起来。他像是着了魔一样，迅速走到幕布前，惊喜地叫着："我找到了，我找到了，我终于找到线索了！"

众人看着李文军的样子，心里有些不安。

宋佳佳拉住李文军，说："李总，你该不会……"

李文军没有理会宋佳佳，回头看了一眼陈明，说："陈明，视频倒回到艳艳拿出档案袋要离开的那个画面。"陈明愣了一下，也不知道李文军到底要干什么。不过，他还是照做了。

李文军看了看众人，说："你们仔细看，这个监控录像是从一侧拍摄过来的。从这个角度，不仅可以看到车雪晴办公室里面发生的事，还可以看到对面大楼的窗户。而我要说的重点，就是对面大楼的窗户。你们看，就是这个窗户，现在它是开着的。"李文军说着，往幕布上指了指。

众人看了看李文军，微微点了点头。李文军让陈明继续播放视频，几秒后，他再次叫陈明暂停。

"你们再看这扇窗户，是不是已经关上了。"

众人这时都凑了过来，果不其然，那窗户还真的关上了。

刘杰皱眉说："李总，那也许是窗户被人关上了呢？"

李文军摇摇头，说："这样，让陈明从头再放一遍，你们仔细观察那扇窗户，就知道有没有人关窗了。"

当下，陈明重新播放了一遍视频。此时，众人都屏住了呼吸，死死地盯着那扇窗户。本来，窗户是开着的，可是，当出现薛明艳要离开办公室的时候，那一扇窗户直接关上了，根本没有关闭的过程，好像直接跳到了最后一步，关闭了窗户。

此时，众人都沸腾了，眼眸之中，闪烁着兴奋。

宋佳佳激动地说："太好了，李总，这就充分说明这段视频是经过剪辑的，将薛总打开档案袋的那一段给剪掉了。"

李文军微微点点头，说："是的，就冲这点，就足以证明了。"

不过，李文军却丝毫没有放松的感觉。他看了看众人，说："虽然我们能够证明监控被人剪辑过，可是，我们却无法证明，那些存放在艳艳家里的资料不是她偷的。所以，即便我们把视频交给警察，还是一样没办法证明艳艳的清白。为今之计，只有一个办法，那就是尽快找到潜入艳艳家替换档案袋的人。"

听完李文军的话，大家又纷纷低下了头，一句话都不说了。

就在这时，陈明的手机忽然响了。他看了一眼手机屏幕，连忙跑出去接听。

大约十分钟后，陈明回到会议室。他看着李文军，迟疑地说："李总，我这里有一个好消息和一个坏消息，你想先听哪个？"

刘杰瞪了陈明一眼，没好气地说："陈明，我说你废话怎么那么多，有屁就放。"

陈明闻言，说道："我刚才接到一个电话，有人告诉我薛总家附近有个叫陈三的人，这人平常游手好闲。不过，他最近好像暴富了，换了一辆新车，还穿金戴银的。一次醉酒中，他无意间透露，他前段时间帮一个富人干了一件狸猫换太子的事。"

"什么？太好了！"李文军顿时欣喜若狂，几步跑到了陈明身边，紧紧抓着他的胳膊，"陈明，我爱死你了，你可是帮了我的大忙啊！"

陈明闻言，面露难色，慌忙地摇摇头，说："李总，你先别着急，听我慢慢说。那个陈三前几天突然失踪了，也不知道去哪里了。他很多的朋友都联系不上他了。"

听到这里，李文军的神色顿时黯淡了下来。

"要是这么说的话，很可能是陈三听到了什么风声，自己躲藏起来了。"

李文军猜测道。

宋佳佳气愤地说:"这还用说吗,肯定是车雪晴将他藏起来了。"

宋佳佳的话说完,众人再一次陷入了沉默之中。

之后的几天,尽管李文军等人全力去查找,想尽了办法,可是依然找不到任何关于陈三的消息。他仿佛突然之间就从京城蒸发了。

眼看着薛明艳距离被法院传讯的日子越来越近,李文军等人无比焦虑,却又毫无办法。

李文军连续几天不眠不休,终于累倒在了公司里。

第五节 反击

李文军也不知道自己睡了多久,他感觉自己仿佛掉进了一个无边无际深渊之中。他努力地挣扎着,想要从里面爬出来,可是,却什么都抓不住。他唯一能感觉到的,就只有自己不断下坠的身体。

恍惚之间,李文军好像听到了佟严冬的声音。他像是从一个非常遥远的地方,轻轻呼喊着李文军的名字。

李文军大声叫着,"噌"的一声,他坐了起来。这时,他才发现,自己竟然躺在床上,而且满头大汗。

"李总,你可算醒了,吓死我们了。"这时,刘杰惊喜地叫道。

李文军一转头,发现刘杰等人围拢在自己的身边。

李文军微微喘息着,直到呼吸平缓下来,才问道:"我……我刚才睡了多久?"

陈明担心地说:"你已经睡了两天两夜了。"

"而且，你一直说着梦话，一个劲儿地叫喊佟老仙儿。"宋佳佳接话道。

刘杰将脸凑了过来，好奇地问道："李总，佟老仙儿到底是谁啊？"

李文军恍然想起了梦里的情景，他笑了一声，说："一个老朋友和人生导师。好了，我知道该怎么办了。"说着，李文军从床上下来。

众人疑惑地看着李文军。刘杰忍不住问道："李总，你……你要去哪里啊？咱们得赶紧想办法，眼瞅着开庭的日子就要到了。"

李文军看了看他们，说："你们放心吧，我会找到办法的。"说着，穿上外套，离开了房间。

李文军没有去别的地方，而是去了监狱。

时隔多年，故地重游，李文军心里充满了感慨。仿佛间，他好像看到了当年的自己。他的心里突然安定了下来。

十分钟后，李文军坐在探监室里，看到了佟严冬。算起来，他们已经有四年多没见了。李文军惊奇地发现，佟严冬的头发白了很多，脸上也多了皱纹。

佟严冬看到李文军，也是非常吃惊。

两人对视了一会儿，随后拿起话筒，说起话来。

"文军，你知不知道，我虽然身在监狱，可是也听说了不少关于你的新闻。想不到啊，你如今已经是信息咨询服务行业里有名的信息官了，我真是替你感到高兴。"

李文军笑了一声，看着佟严冬满是皱纹的脸，心里泛起了一股酸涩。

"佟老仙儿，没想到，几年没见，你已经这么苍老了。"

"哎，文军，我倒是没什么感觉。其实，我现在虽然在监狱，却有一种轻松的感觉。"佟严冬笑着说，"哦，对了，你怎么一个人来了。我记得之前有个女人来找我，说是你的女朋友，叫什么薛明艳。"

李文军叹了口气，摇摇头，说："佟老仙儿，别提了。"

"怎么了？文军，是不是出什么事情了？"佟严冬看到李文军一脸惆怅的模样，担心地问道。

随后，李文军将薛明艳的事讲了一遍。

佟严冬听完，反应倒是很平静，笑着说："文军，没想到你的桃花运竟如此旺盛。"

"好了，佟老仙儿，我今天可不是让你来揶揄我的。我最近，真的是……"李文军的话没说完，又皱起了眉来。

佟严冬见状，轻轻地说："文军，我这么跟你说吧。如果换作其他人，以你的能力，其实早就将事情给解决了。只不过，这件事牵扯你最关心的人。正所谓关心则乱，所以你现在根本无法静心地去筹划整件事情。"

"是吗？"李文军听着佟严冬的话，有些心虚地反问道。

佟严冬继续说："文军，你现在最重要的，就是让自己放松下来，排除一切杂念，不要被情感影响，努力让自己的心安静下来。正所谓'解铃还须系铃人'。"

"佟老仙儿，我……"

"文军，你什么话都别说，现在闭上眼睛。"

李文军也没多想，随即闭上了眼睛。

身边一下子安静下来，李文军听着自己的呼吸声，感觉自己的心终于安定下来。过了一会儿，李文军睁开了眼睛，发现佟严冬已经不在对面了。

从监狱里出来后，李文军回头看了一眼监狱的大门，自言自语地说："佟老仙儿，你等着我。我救出了艳艳，一定会再来看你的。"

回去的路上，李文军感觉自己的脑子飞速地运转着，思绪不断地飞舞着。此时此刻的他，已经变回了那个沉着冷静、不为任何杂事所打扰的、真正的首席信息官。

李文军先是回了一趟家里，好好整理了一下仪容。等他再度来到公司的时候,众人都惊讶得睁大了眼睛,不敢相信地看着容光焕发的李文军。

李文军看了看众人,故意摆出严肃的模样,说:"好了,你们的休闲时光结束了,我们现在要干活儿了。"众人看到李文军已经重新焕发生机,一个个发自内心地高兴。随后,李文军就召集众人,开了一个会。

在会议结束之后,李文军给车雪晴打了一个电话,说要见她。车雪晴倒是有些吃惊,不过,很快就答应了下来。

本来,车雪晴想要约李文军在外面见面。可是,李文军坚持要去办公室见她。车雪晴也没多想,就答应了下来。

敲门进来后,李文军直接坐在车雪晴对面的椅子上。

车雪晴看到李文军意气风发的模样,心里有些吃惊。毕竟,两天前她还听说李文军已经累垮了,躺在床上动都不能动。当时,她非常高兴,以为自己真的打败了李文军。可是没想到今天的李文军如此神采奕奕。

李文军一手摸着鼻梁,一手插进裤袋,嘴角泛出一抹自负的笑容。

"车总,你干吗用这种眼神看着我?是不是我脸上有什么东西啊?"李文军笑了一声,随口说道。

"哦,不是。文军,你难道不知道,你的女朋友就要上庭了。怎么,你一点儿都不担心吗?"

"担心?如果我的担心就能让她平安无事的话,那我一定担心。可问题是,这种无谓的担心毫无作用。"李文军平静地说。

车雪晴听到这话,心里有些发蒙。她怎么都不敢相信,这种绝情绝义的话,竟然是从李文军的嘴里说出来的。

"文军,这才几日不见,你还真是让我刮目相看啊。我终于明白了,你当初为什么能在入狱后,还重新站起来。"

李文军看着车雪晴投过来的媚眼,只是一笑,说:"车总,谢谢你的抬爱了。不过,我今天来,是想和你说点儿正事的。"

"是吗？那我可要洗耳恭听了。"车雪晴说着，靠在椅子上，然后跷起二郎腿。

车雪晴的举手投足之间，像是一个傲慢的主人，看着自己的猎狗是如何捕猎的。

李文军不去理会这些，他注视车雪晴，说："我已经找到线索了。"

"线索？你找到了什么线索。"车雪晴微笑地说，显然是不相信李文军的话。

李文军微微向前探了探身子，说："当然是有关艳艳这件事的线索了。"

"别逗了，文军，你不可能找到的。"车雪晴哧的笑了一声。

李文军淡然地说："你不信啊，好啊，那我先跟你说说监控录像里的破绽吧。"

当下，李文军就将监控录像里的破绽说了一遍。

车雪晴闻言，大吃一惊："然后呢？你为什么没有把监控录像交给警察，来我这儿干吗？"

李文军继续说："车雪晴，没想到你居然这么淡定。但你一定没想到那个叫陈三的人会被我发现吧？"

听到这里，车雪晴再也装不下去了，她"噌"的一下站了起来，看着李文军说："你是怎么找到他的？"

李文军一脸悠然的表情，不慌不忙地说："车总，这还得感谢你当初帮我啊。要不是你让我放手去查，还一再地配合，我怎么可能这么快就调查到呢？"

车雪晴愣了一下，又重新坐了下来，说："李文军，你现在不过是在诓我，我才不会上当呢！"

"好了，车总，你心里明白就好了。"李文军笑道，"所以，人还是不能太自信了。在这场游戏里，你的目的很简单，就是要赢我，让我对你屈服。

可是你不该将艳艳牵扯进来,还冤枉她窃取你们公司的商业信息。"

"哼,李文军,我不知道你在说什么?"车雪晴摆出一副什么都不知道的表情。

李文军闻言,笑了笑,说:"不明白?车总,你放心吧,你会明白的。"说完,李文军就起身,离开了车雪晴的办公室。

回到公司后,李文军拿出身上的录音笔,交给陈明。

第二天中午,一段李文军和车雪晴聊天的录音被人匿名发布在网络上,一时间,大家都在热议静海医药公司总经理车雪晴陷害明创信息咨询服务公司的薛明艳一事。虽然现在还没有真实的证据,但从车雪晴的言语中,这件事确实存在疑点。

二人的对话中还出现了一个叫陈三的人,引起了网友的关注。

此时,李文军坐在办公室里,看着网上的讨论。他摸着自己的鼻梁,嘴角不自觉地向上扬起。

就在这时,李文军的手机忽然响了,打开一看,是车雪晴打来的。

李文军刚接通,就听到车雪晴恼怒的声音:"李文军,你什么意思?竟然跟我玩阴的,你也太无耻了吧。"

李文军不慌不忙地说:"车总,你这话从何说起,我怎么就无耻了?"

"你少跟我装糊涂,网络上的录音,别告诉我不是你上传的!"

"哎,你可别乱说,有什么证据吗?没证据的话,我可以告你诽谤的!"

"李文军,你自己做了什么,你心里应该有数。"

"车总,这话我原封不动地送还给你!"

"李文军,我不会让你得逞的!"

"好了,车总。你以为你是个精明的设计者。不过,你也别忘了,我是做什么的。"

"李文军,到底什么意思?"

李文军笑了笑,轻轻地说:"车总,你别着急,好戏才刚刚开始。不过,我可要提醒你一句,一个真正出色的信息官,是要努力将自己隐身在最不显眼的地方,而让自己的猎物尽收在自己的眼底。"

"李文军,你这个浑蛋……"电话那边,车雪晴的话还没说完,可是李文军已经将手机给挂了。

车雪晴气不打一处来,狠狠地将手机摔了出去。

车雪晴没想到李文军会把他们的对话录音放到了网上。这对她的形象产生了很严重的影响。之前网上虽然也有关于她陷害刘泽星的传言,但毕竟没有确实的证据,所以她也没当回事。但这次不一样,李文军上传的录音中她虽然什么都没承认,但话里隐隐透露出一些线索来。

今天一早,车雪晴就因为这件事,被董事会的人轮番问话。

车雪晴站在办公室,大喊了一声,然后迫使自己冷静下来。她知道自己眼下所要做的,就是绝对不能被李文军牵着鼻子走。

车雪晴深吸了一口气,然后拿起桌上的电话,拨通了秘书的手机,通知秘书下午召开记者会,她要当面澄清这段时间发生的事情。

第六节　陷阱

下午三点钟,记者会如期举行。其实,这些记者大部分都是静海医药公司事先联系好的。会上要提什么问题,也都是事先安排好的。

会议开始后,记者们纷纷提问。车雪晴按照准备好的稿子,流畅地回答记者的问题。

按照车雪晴的说法，网上的录音是有心人设计陷害她的，陷害她的人就是明创信息咨询服务公司的李文军。而李文军是她前男友，他之所以这么做是因为自己曾在八年前大义灭亲，检举他的罪行，害他入狱四年。如今，他出狱了，所以就想方设法地陷害自己，企图毁掉自己的事业。在说到感伤之处的时候，车雪晴更是声泪俱下，一副非常委屈的模样。

"李文军曾是我深爱的男人，可是我从来不后悔当初出庭作证。如果再来一次，我仍旧会这么做。因为，我不能让他走上一条无法回头的路。如今，他虽然对我做出这种疯狂的报复，我也丝毫不恨他。我只想告诉他，文军，请你不要一错再错了。"

车雪晴的话说完，顿时，下面响起了热烈的掌声。

不过，在记者中间，有一个戴着黑框眼镜的中年记者却始终无动于衷。当掌声渐渐落下的时候，他忽然站了起来，注视着车雪晴。

"车总，请问你认不认识一个叫陈三的人呢？据说你们俩有不正当的交易。是你雇用他去薛明艳家里，将她家里档案袋里的照片换成你们公司的重要商业信息。"

车雪晴没想到会有人问她这个问题，她一下子愣住了。

这时，其他记者纷纷用惊异的目光看着中年记者。

车雪晴的秘书盯着中年记者，厉声问道："你是谁啊？谁让你问这些问题的？"

中年记者笑着说："为什么不能问这些问题了？今天是记者会，难道不是我们这些记者随便提问的时间吗？而且我问的都是最近网上十分关注的话题。"

"对不起，请你出去。"秘书一边说，一边招手把保安叫了过来。

不过，中年记者却一点儿都不惊慌，淡定地说："真没想到车总居然会回避这么简单的问题，看来确实有什么不可告人的秘密啊！我想，在座的记者朋友们也都听到了。行，我这就出去。不过，接下来的新闻要怎么写，我也心中有数了。"中年记者说完，转身就要走。

这时候，车雪晴突然站了起来，注视着中年记者，冷声道："你给我站住！"

中年记者转头看了一眼车雪晴，疑惑地问道："车总，您还有什么吩咐吗？"

车雪晴盯着中年记者，说："你有什么问题，尽管问吧。我车雪晴行得正，坐得端，没什么好回避的。"

"好，车总果然痛快。"那记者随即回到座位上，然后说："那么，就请车总先回答我刚才那问题吧。"

车雪晴嘴角浮起一抹浅笑，说："这个问题很简单。那个陈三我听都没听说过，更别说和他有什么不正当的交易了。所以，那则传闻简直是无稽之谈。"

中年记者闻言，反问道："车总，要是这么说的话，假如你知晓陈三的消息，一定会通知警方，全力配合警方去抓捕这个人喽？"

"我……我自然是会配合警方。作为一个遵纪守法的公民，我们都有义务协助警方抓捕犯罪分子。"车雪晴此时已经毫无选择了，只能硬着头皮说一些言不由衷的话来。

听到这话，中年记者带头鼓起掌来："好！传闻说车总是个可以大义灭亲的好人，看来的确是真的。八年前，您看不惯前男友的犯罪行为，所以举报他，让他接受了法律的制裁。接着，又无法容忍自己丈夫的犯罪行为，再一次出手，保护了北极星科技公司的商业信息。如今，车总年纪轻轻，就坐上了静海医药公司总经理的位置，看来，也是好人有好报啊。那么，在座的记者朋友们，请为车总鼓掌。"中年记者的话音刚落，顿时，台下掌声如雷，甚至有人不断叫好。

看着台下激动的记者们，车雪晴有些傻眼了，她不知道该说什么好。虽然记者们说的都是好话，但是如果这样的话传出来，万一让陈三知道的话，他会怎么想？

车雪晴给旁边的秘书递了个眼神。秘书顿时会意。秘书看了看众人，说："诸位，毕竟出事的都是车总的至亲，虽然车总大义灭亲，但不代表她不会为此心痛。所以，还请你们不要过度宣扬此事。"

中年记者看了看秘书，做出一副吃惊的样子："车总大义灭亲，简直是道德楷模，我们如果不加以宣扬，又怎么会让更多的人知道车总的美名呢？"

"我……我不在乎这些。只要无愧于心就好了。"车雪晴心想，这个记者怎么非要抓住这件事不放。

中年记者接着说："车总果然是淡泊名利之人，但如果美好的品德不让众人知晓，大家又怎么会争相效仿呢？为了社会的安定，我觉得车总的行为值得我们学习。请大家再次为车总鼓掌。"

秘书还想再说什么，可是，车雪晴却拉住了她。车雪晴知道，如今自己是越描越黑，倒不如什么都不说。

记者会结束后，车雪晴叫上秘书，小声地说："你立刻给我调查清楚，那个记者究竟是什么来头？"

秘书一脸怪异的表情看着车雪晴，咬着嘴唇，迟疑了片刻，说："车总，我已经派人调查过了。"

车雪晴闻言，眼眸里闪烁着一抹光芒，连忙问道："怎么样，调查出什么了？"

秘书摇摇头，说："车总，那个记者根本不是我们邀请的人。"

"假冒的？"车雪晴听到这里，沉默了片刻，然后反应过来，"他是李文军。"

晚上十点多，车雪晴拖着疲惫的身体，回到了家里。

车雪晴往沙发上一躺，忽然觉得再也不想起来了。回想这一整天发生的事，车雪晴头一次觉得自己如此身心俱疲。而今，她和李文军已经完全站在了对立面，这一点，她完全没有想到。

车雪晴想了一会儿，随即起身，走到酒柜边，打开一瓶红酒，倒了一杯酒，一仰头，将酒全部倒进了嘴里。

车雪晴缓缓地走到落地窗边，一边喝着酒，一边凝视着外面灯火阑珊的京城夜景。回想起昔日里，她和李文军一起艰苦奋斗，为了能在京城买一套属于自己的房子，什么苦都吃。那段日子，他们虽然过得清贫，可是她却非常满足。因为不管什么时候，总有一个男人在她寂寞无助的时候去关心她、爱护她，可以让她享受到一个女人被爱的幸福。

后来，两人的事业逐渐变好，花费在工作上的时间越来越多，两个人的交流越来越少，有时候甚至好几天都见不到一面。不知道从什么时候开始，车雪晴心里的埋怨越积越多，最后做出了无法挽回的事情。

如今，她拥有了一切，财富、地位、名利。她住在几百平方米的别墅里，却只有她一人。空荡荡的房子里，毫无一点儿生气。有的只是她冰冷的叹息，仿佛要将周围的空气都凝固了。

想到这里，车雪晴忽然有些感伤，一滴眼泪从眼角滑了出来。从窗户上，车雪晴清楚地看着自己已经非常陌生的面孔。她伸出一只手，轻轻地碰了碰印在玻璃上的自己的脸……

"当当当"，忽然传来了一阵敲门声。

车雪晴收回了思绪，擦了一下眼角的泪水。

车雪晴走到门口，问道："谁啊？"

"我，陈三。"外面传来一个沉闷的声音。

车雪晴有些惊异地问:"陈三,这么晚,你来干什么?"

"车总,我自然是来找你叙叙旧了。怎么说,咱们也算是老朋友了。"

"对不起,很晚了,请你走吧。"车雪晴非常警惕,她知道陈三这么晚过来,肯定没好事。

"车总,你最好赶紧给我开门。否则的话,我可要硬闯了。"

"陈三,你可不要乱来。我告诉你,我会报警的。"

"好啊,你尽管报警,我还求之不得呢。"陈三摆出了一副有恃无恐的架势。

车雪晴自然知道陈三想要什么,她迟疑了一下,随即打开门。

陈三叼着一根烟,手插进裤袋,大摇大摆地走进来。

陈三显然是头一次来到这种高档别墅,进来后就开始东张西望。眼眸不断地放着光芒,似乎在搜寻着什么。

看见陈三的模样,车雪晴心里有些不舒服,甚至是有些嫌弃。

车雪晴走到沙发边,坐了下来,冷冰冰地说:"陈三,你有什么事情?尽管说吧。"

陈三随手将烟头扔到了地上,然后走了过来,在车雪晴对面坐了下来。他打量了一下车雪晴,笑嘻嘻地说:"车总,你还真是让我刮目相看啊。今天我来,也不为别的,我就想跟你要五百万的封口费。"

"你说什么?"车雪晴听到这里,心里十分生气。她狠狠地拍了一下桌子,说:"陈三,你别得寸进尺。我上次给你的钱还不够吗?咱们可是都说好的,以后谁也不认识谁。"

陈三跷着二郎腿,悠然自得地说:"车总,话确实是这么说的。可是,我怎么知道你日后不会出卖我呢?今天你在记者会上说的话我可是全听见了,万一哪天你这个大义灭亲的好人把我供出去了,我也好有个跑路费啊!"

车雪晴注意到陈三的眼睛里流露出不怀好意的目光。她顿时有些紧张不安地说:"陈三,你误会了。这……这是别人的圈套,你……你今天不该过来的。"

"少跟我废话,赶紧拿钱,我立刻走人,永远不再回来。要不然,我就把咱们俩之间的交易都说出来。嘿嘿,我是'死猪不怕开水烫'。不过,车总你可就……"往下的话,陈三没说。不过,对于车雪晴来说,已经足够有威慑力了。

车雪晴狠狠地瞪了陈三一眼,站了起来:"好,你等着,我给你取钱。"说着就去了卧室。

从卧室里出来的时候,车雪晴手里拿着一张银行卡。她走到陈三身边,将银行卡递给陈三。

"这里有五百万。陈三,我希望你远走高飞,永远都不要再回来了。"

"车总,果然是个大气的人!"陈三接过银行卡。不过,他却并没有要走的意思。反而,托着下巴,目光在车雪晴的身上扫视着。

车雪晴看见陈三的目光,心里的不安更加强烈了。她刚想要跑回卧室,就被陈三抓住了。

车雪晴大惊失色,拼命地挣扎起来。

"陈三,你放开我!"

"车总,你紧张什么?既然我们就要永不再相见了,那就留个纪念。"说着,陈三就朝车雪晴的脸亲了过来。

尽管车雪晴拼命地挣扎,可是她哪里有陈三的力气大。

渐渐地,车雪晴挣扎的力气逐渐变小。

突然,"咣当"一声,外面的门被踹开了。接着,一群警察闯了进来,将陈三和车雪晴围住了。

陈三见到这阵仗,顿时就吓得腿软了。他立刻丢下车雪晴,双手抱头,连忙叫道:"警察同志,我配合,我配合你们。"

随即,警察将陈三带走了。留下了一个警察给车雪晴做笔录。

经历了刚才的风波,车雪晴虽然心有余悸,但也不敢讲出实情,只好一口咬定是陈三潜入了她家里,抢走了大量钱财,还企图对她行不轨之事。

警察走后,车雪晴开始坐立不安起来。她清楚,陈三被抓捕后,接下来会发生什么事情。

这时,她必须要去做一些准备了。

第七节　服法

"李总,咱们现在是不是可以进去找她谈谈了。"

此时,车雪晴的别墅外面停了一辆车,李文军和刘杰坐在里面。

李文军看了看时间,微微皱了一下眉,说:"好,我们进去。"说着,他就要打开车门。

就在这时,让他们始料不及的一幕出现了。只见车雪晴包裹得严严实实,提着一个皮箱,从别墅里走出来。她警惕地看了看四周,然后迅速上了自己的车,开车走了。

刘杰看到车雪晴的举动,心里暗暗吃了一惊:"不好,车雪晴担心事情败露,可能要逃跑。"

李文军转头看着刘杰,说:"你还愣着干什么,赶紧追上去啊!"

刘杰应了一声,不敢多说什么,当即发动了车,迅速追了上去。

两辆车一前一后行驶在路上,保持着距离。大约行驶了半个小时,车雪晴的车开到一栋高档公寓楼下。

刘杰将车停在了公寓不远处,有些疑惑地说:"奇怪,车雪晴怎么将车开到这里来了?"

李文军听出刘杰话里的不寻常,问道:"怎么?刘杰,听你的意思,你好像认识这个地方?"

刘杰点了点头,说:"是啊,李总。车雪晴刚才走进的公寓就是山田正二在京城买的房子。"

"你说谁?"李文军闻言,大吃了一惊。

"山田正二啊。"刘杰看了看李文军,有些不解地说,"这个车雪晴,她是不是想让山田正二帮她出国呢?可是,山田正二为什么要帮她呢?"

"为什么?当然是为了'雷豹'的信息了。"李文军看了一眼刘杰,说道。

"这怎么可能?"刘杰看了一眼李文军,有些不敢相信地说。

"没什么不可能的。你还记得我和你说的吧,在洗浴中心,车雪晴烧掉的那份资料,其实是复印的,真正的原件一直在她手上。之前她一直没和山田正二交易,可能就是为了今天,给自己留条后路。车雪晴,我还真是太低估她了。"

"不是吧,这个女人的心机这么深!"刘杰露出惊讶的神色来。

李文军看了看刘杰,淡然一笑,说:"你才知道啊!我们被她耍了那么久。"

"放心,李总,这一次,她休想再逃了。我们直接抓她个现行。"刘杰此时兴奋地搓了搓手,说道。

"行了,刘杰,你可不要掉以轻心,车雪晴远比你想象的要狡猾得多。"李文军的语气里有些悲伤。

刘杰知道李文军这是又想起以前的车雪晴了,于是没有搭话。二人守着公寓的门口,等着车雪晴的出现。

不过，让他们没想到的是，整整一个晚上，公寓里没出来一个人。

一直早上八九点的时候，才看见公寓的门开了。只见山田正二和一个包裹严实的女人，提着一个大箱子，鬼鬼祟祟地四处看了一眼，然后迅速上了车雪晴的车子，立刻就走了。

刘杰见状，迅速开车追了上去。

李文军他们跟在车雪晴的车子后面，行驶了一个多小时，而对方，却始终没有停下来的意思。

李文军这时忽然想到了什么，暗叫不妙："不好，我们上当了。"

刘杰一愣，转头看了看李文军，奇怪地问："李总，你说什么？"

李文军说："刘杰，你就没发现吗？前面的车子，一直在带着我们兜圈子。刚才有一个便利店，我们已经经过两次了。"

"什么？李总，那我们岂不是……"刘杰的话没说完，可是意思彼此都明白。

李文军脸色一沉，咬着嘴唇，说："我们中了车雪晴的调虎离山计了。显然，她故意用前面的车子吸引我们的注意力。接着，她就可以从容地逃走了。"

"那……那我们赶紧掉头去追她吧。"

李文军叹了一口气，摇摇头说："算了，已经来不及了，她一定已经走远了。"

"可恶，这个车雪晴真是太狡猾了。"刘杰气得狠狠地拍了一下方向盘。

李文军正要说话，忽然手机响了。打开一看，是薛明艳打来的。他迅速接通了，就听到薛明艳问道："文军，你在哪里？"

李文军惊喜地说："艳艳，你出来了吗？"

"是啊，案子已经彻底搞清楚了。现在，警察正在全力搜捕车雪晴。"

李文军闻言，心总算是放下了。随即，想到车雪晴已经逃跑的事，心里又有些压抑。他将事情和薛明艳说了一遍。

薛明艳听完，也非常生气："这个车雪晴，真是够狡猾的！不过，她现在即便想出逃到国外，恐怕也不是那么容易的事情，警察已经发布了通缉令。"

李文军叹口气，说："艳艳，你还不太了解车雪晴。其实，今天的事她已经筹划很久了。她也一定是什么后果都想到了。我没猜错的话，她一定早就准备了出境用的护照和签证，就是打算在这个关键时刻用上。"

"出境？文军，你所指的是……"薛明艳闻言，有些意外地问道。

李文军想了一下，说："车雪晴估计和山田正二做了交易，山田正二负责帮助车雪晴逃离中国，而车雪晴则将'雷豹'的信息给他。"

"真没看出来，这女人还真是够可怕的。"薛明艳对于车雪晴的行为，有些后怕。

李文军想了一下，说："行了，艳艳，你先在公司等我，然后再具体商议。"

挂上电话后，李文军就让刘杰开车回公司。

回到公司里，李文军看到已经数天没见的薛明艳，心里一阵激动。他迅速上前，紧紧地将薛明艳搂在了怀里。

薛明艳轻轻地拍了一下李文军，小声地说："好了，文军，你注意点。这可是在公司，大家可都看着呢。"

李文军转头看了看刘杰他们，笑了笑，说："随便他们看吧，我才不在乎呢！这些日子里，你知道我有多想你吗？"

薛明艳抬头看了看李文军，一只手轻轻抚摸着他的脸，笑道："文军，佳佳说你这段时间为了我，憔悴了不少，整个人都瘦了一圈。可是，我发现你现在看起来，比以前更有魅力，更英俊帅气了！"

李文军心里美滋滋的，可嘴上却说："艳艳，你少说风凉话了。"

宋佳佳走了过来，递给李文军一杯咖啡。笑吟吟地说："李总，我看你们俩还是别秀恩爱了。眼下，咱们还是要尽快帮助警察将车雪晴抓捕归案才好。"

"帮警察？"李文军愣了一下，皱着眉看着薛明艳。

宋佳佳没说话，转头看了一眼薛明艳。

薛明艳双手抱在胸前，说："文军，刚才警察来咱们公司了，要求我们协助抓住车雪晴。"

李文军闻言，叹口气。随后，召集了众人迅速开会。

经过讨论，他们达成了共识，一致认为，车雪晴是被山田正二藏起来了。等着山田正二离开中国的时候，就把她一起带走。

所以，眼下他们要做的，就是密切关注山田正二的动向。了解他们出国的时间，这样，就可以方便进行调查了。

三天后，李文军再次召集大家开会，分析所收集到的信息。

首先是陈明，根据他的调查，山田正二一行人预定了三天后出国的机票。而就在这三天里，车雪晴的银行账户里出现了很多消费信息。

在刘杰的跟踪调查中，也多次发现山田正二和一个行迹诡异，酷似车雪晴的女人多次见面。不过，他也辨别不出真伪，所以一直没有打草惊蛇。

薛明艳调查的信息则是有一个突然加入山田正二团队的女职员，叫优木百合子。薛明艳想要去调查优木百合子的详细信息，不过，却什么都没有查到，她的长相在很多方面，和车雪晴很相似。

李文军将这些信息进行了综合和汇总，然后看了看众人，说："大家说说看。这些信息有什么问题没有？"

众人摇摇头。刘杰说："李总，这还能有什么问题。我敢说，那个优木百合子，十有八九就是车雪晴伪装的。"

李文军笑了笑，转头看着薛明艳，问道："艳艳，你是怎么看的？"

薛明艳双手抱在胸前,微微皱了一下眉,有些疑惑地说:"这些信息看起来没什么问题。不过,越是没问题,就越是说明问题。"

李文军闻言,眼睛里露出一抹光彩,笑道:"哦,你倒是说说看。"

薛明艳说:"首先,我们调查的过程特别顺畅,几乎没有遭到任何阻拦。说句夸张的话,简直就像有人送给我们一样。我甚至觉得,这是对方故意想让我们知道的。"

李文军微微点点头,冲薛明艳投来了一个赞许的眼神,说:"是的,你说得非常对。想要确认这些信息的准确性,我们首先得对车雪晴有一定的了解。刘杰,我问你,你和车雪晴打交道也不是一天两天了。按照你的直觉,你认为她会这么容易地让你得到这些信息吗?"

"这……"刘杰迟疑了一下,"恐怕……恐怕是不会的。"

李文军微微点了点头,说:"那就对了,所以,这是车雪晴给我们设下的迷魂阵。目的很简单,就是要迷惑我们。"

宋佳佳闻言,气恼地说:"这个车雪晴也太狡猾了,这么说,她是想通过山田正二身边那个新职员,吸引我们的注意力。这样,她就有机会躲开了我们,然后逃走了。"

"可以这么说吧,"李文军的手指敲着桌面,想了一下,"所以,当下,我们必须要通知警方,让他们密切注意,千万不要掉以轻心。"

三天之后,当山田正二一行人浩浩荡荡地来到机场,准备要离开的时候,忽然,被一群警察拦住了去路。

山田正二看着为首的警察,有些吃惊地问:"警察同志,请问我们犯了什么罪吗?"

警察向山田正二敬了一个礼:"先生,我们怀疑你的团队里,有涉嫌携带重要商业信息出逃的犯罪嫌疑人。所以,请你配合我们的调查,跟我们走一趟。"

"什么？这可不能吧。警察同志，你们是不是搞错了？"山田正二故作吃惊地说。

山田正二虽然不承认自己的团队里有犯罪嫌疑人，但他们一行人还是被警察带走了。

不过，就在山田正二和警察离开后五分钟，机场安检口处出现了一个戴着口罩和墨镜的女人，正要通过安检。忽然，她面前出现了两个人。

女人吃惊地看着面前的人，不安地问道："你们是谁？"

其中一个人说："小姐，我们是警察，我们怀疑你涉嫌参与一起重大的商业信息泄密案，请你跟我们走一趟吧。"

"你们是不是搞错了？"女人的声音里充满了惊慌。

"对不起，我们没搞错。小姐，请你跟我们走一趟。"

说完，两名警察走上前将女人带走了。

由于机场里人来人往，女人和警察的对话引起了周围人的关注，大家纷纷围过来观看。

此时，在机场门口的一个角落里，站着一个身穿运动装，戴着棒球帽和墨镜的女人。她在看到这幅的画面后，嘴角浮现出一抹阴笑。

"李文军，你没想到我会玩连环计吧。"说完，车雪晴拎起脚边的包，向安检口走去。

当车雪晴即将进入安检口的时候，肩膀忽然被人拍了一下。

随即，车雪晴听见身后传来李文军的声音。

"车总，你这急急忙忙的，要去哪里啊？"

车雪晴吃了一惊，差点儿没叫出声来。一转头，赫然发现，不仅李文军、薛明艳也站在她身后。

车雪晴诧异地看着李文军，不敢相信地问道："文军，你……你怎么知道我……"

李文军轻轻摸着鼻梁,嘴角勾起了一抹微笑:"雪晴,说起来,还都要感谢你帮的忙啊?"

"你这话什么意思,我听不明白?"车雪晴闻言,脸上扫过一抹疑惑。

"雪晴,你还记得那天早上,我们在山田正二的公寓门口追踪你的车子吗?当时,你就给我玩了一出调虎离山计。可以说,那一次,给了我很大的教训。同时,也让我明白了一个道理,作为信息官,要时刻将自己隐藏在不显眼的暗处。所以,在那之后,我就变得格外小心。你如今想要逃出国,那么以你的性格,又怎么会这么轻易让我们发现你呢?刚才那个女人形迹鬼鬼祟祟,这么做简直就是在告诉我们去抓她,聪明的你怎么可能犯下这么简单的错误。所以,我就知道,你一定躲在暗处,关注替身被抓的过程。然后,你就可以放心地出逃了。但你没想到的是,你一进入机场,我就发现你了。"

"什么?这怎么可能?"车雪晴不相信李文军真的可以找到自己。

李文军苦笑了一下,说:"雪晴,好歹我们曾经那么恩爱,你觉得我会认不出你来吗?"

薛明艳听到这话,下意识地瞪了一眼李文军。然后对车雪晴说:"车总,你没选择了。现在,你唯一的选择就是自首,接受法律的制裁。"

听到这里,车雪晴忽然大笑了起来,笑声里充满了无奈和伤心。许久,她才收起笑容,注视着李文军,说:"李文军,你未免也太小看我了吧。我告诉你,我可是做了完全的准备。"说着,她从容地掏出自己的手机,然后说,"关于'雷豹'的信息,我已经存在了手机里。现在,我只要按下一个发送键,这些重要的信息就会发到山田正二的电子邮箱里。"

"什么?"薛明艳闻言,大声地制止道,"车总,你不能这么做。你知不知道,'雷豹'的信息关系到国家网络安全。你这么做,知道会有什么后果吗?"

"你少跟我废话!"车雪晴闻言,冷哼了一声,说,"我告诉你们,最好放我走。要不然,我现在就发送出去。"

"不,雪晴,我相信你不会这么做的。你不是这种人!"李文军认真地注视着车雪晴,坚定地说道,

"李文军,你少在这里说废话了。我是什么人,我很清楚。我……我已经什么都没有了!"车雪晴说着,忽然脸上露出了悲伤的表情。

"不,雪晴,你还有我呢?"李文军看了车雪晴一眼,缓缓地说。

车雪晴一愣,睁大了眼睛:"你说什么?"

李文军从口袋里掏出一块手表:"你看,这是什么?"

车雪晴睁大了眼睛,一脸难以置信的神色。李文军手里的那块表,就是他口口声声说卖掉的,自己送给他的生日礼物。

"文军……"车雪晴忽然泪如雨下,她丢掉了手机,将那块手表拿在里手心里。

看了一会儿,车雪晴无力地瘫软在地上,痛苦地哭了起来……

车雪晴被带走的时候,回头看了看站在李文军旁边的薛明艳,嘴角浮起了一抹微笑:"薛小姐,文军是个好男人,你要学会好好珍惜。"

"谢谢,车小姐。你放心,我会的。"薛明艳转头看着站在身边的李文军,轻轻地笑了一声。

车雪晴没再说什么,甚至都没看李文军一眼,就跟着警察走了。不过,她的手里一直紧紧地攥着那块手表。

尾 声

"文军,你什么时候把那块表买回来的?我怎么不知道呢?"回去的路上,薛明艳紧紧挽着李文军的胳膊,假装生气地问道。

李文军挠了挠后脑勺,笑着说:"我也不能什么事都让你知道吧。"

"好啊,你还敢对我有所隐瞒。快说,你是不是背着我,和车雪晴有什么关系?"

"当然有了,雪晴会永远是我昔日的一段回忆。尽管,这段回忆的结局并不美好。"

薛明艳没再多说什么,因为她明白,李文军的内心深处,总会有一个角落是属于车雪晴的,一辈子都不会消失。不过,对她而言,这都不算什么。李文军这样的行为,只能说明他是一个重情重义的男人。

薛明艳柔声说:"文军,接下来,咱们要干什么去?"

李文军凑到薛明艳耳边,笑了笑,说:"我想好了,今晚咱们入洞房去。"

"去死啊,没个正经儿话。"薛明艳握着拳头,用力捶了一下李文军。

李文军抓住薛明艳的手,紧紧地握在手心里。此时,明媚的阳光照在他们身上。而眼前的道路,也越来越宽敞……

车雪晴被抓没多久,李文军和薛明艳就结婚了。而明创信息咨询服务公司在他们的领导下,发展得越来越好。

李文军因为光明正大的行事原则,真正成为信息咨询服务行业的"首席信息官"!